Christian Oster a publié 15 romans, dont *Mon grand appartement* (prix Médicis 1999), *Une femme de ménage* (2001), *Dans la cathédrale* (2010), parus aux Éditions de Minuit, et *Rouler*, aux éditions de L'Olivier. Il a également publié des romans noirs et de nombreux livres pour les enfants (à L'École des loisirs).

Christian Oster

EN VILLE

ROMAN

Éditions de l'Olivier

TEXTE INTÉGRAL

ISBN 978-2-7578-3852-5
(ISBN 978-2-87929-778-1, 1re édition)

à Véronique B.

Georges est arrivé avec un gros gâteau. Il est entré dans la pièce, précédé de Paul, qui était allé lui ouvrir, et a posé le carton sur la table où les verres étaient disposés pour l'apéritif. C'est après qu'il nous a salués, William et moi, une fois débarrassé de son carton qu'il avait tenu devant lui à deux mains, comme si, de la pâtisserie où il l'avait acheté jusqu'à l'appartement, il l'avait déplacé tel quel, à seule fin de le poser sur la table. Évidemment, il avait dû libérer une de ses mains pour faire le code, pousser la porte de l'immeuble, tirer celle de l'ascenseur, presser le bouton de la cabine et celui de la sonnette, mais enfin ce n'est pas l'impression qu'il avait donnée en entrant dans la pièce, il avait plutôt eu l'air emprunté, encombré de son gâteau depuis le départ, incapable, en réalité, de l'avoir jamais tenu d'une main – ce qui eût été, à la réflexion, peut-être impossible, pour autant que le carton eût manqué de rigidité et qu'il eût risqué, sous la pression de son pouce, de s'écraser sur le gâteau, lui-même éventuellement mou, avec de la crème, à moins qu'il ne se fût agi d'une mousse, avec cette manie qu'ils ont tous maintenant de faire des mousses, ai-je songé. Toujours est-il qu'à présent Georges avait posé le gâteau, un assez gros gâteau, semblait-il, et qu'il nous saluait, William et moi. Nous nous étions levés et, l'un après l'autre, lui tendions la main, disant ça va ? comment ça va, Georges ? alors quoi de neuf depuis tout ce temps ? Assieds-toi, a toutefois enchaîné Paul avant qu'il ait eu le temps de répondre, tu bois quelque chose ? Et vous ? a dit Georges. Du vin, a dit Paul. Alors, du vin, a dit Georges, et il s'est assis.

On a repris nos places, Paul, William et moi, cependant que Louise revenait de la cuisine, embrassait Georges, qui se relevait, sur quoi Louise s'est assise, en même temps que Georges se rasseyait, et Paul a servi le vin. On a levé nos verres, Paul a dit à nous, non ? et on a tous repris *à nous*, sans vraiment se regarder, on devait tous penser à Georges, qui n'était pas uniquement venu avec son gâteau en le tenant à deux mains, il était venu seul, aussi, sans Christine, depuis qu'on le connaissait on le connaissait avec Christine, or Christine n'était pas là, peut-être allait-elle le rejoindre plus tard, ce n'était pas impossible, mais personne n'osait poser la question. Et alors ? a dit Georges. On a pensé à Hydra, lui a répondu Paul, tu vois où c'est ? Non, a dit Georges, mais on avait parlé de la Toscane, au départ, depuis six mois je m'étais mis en tête la Toscane, moi. C'est très beau, est intervenue Louise, la Toscane, mais Paul a pensé qu'en définitive on n'avait pas la mer là-bas, que c'était un peu bête de ne pas avoir la mer. Quitte à partir, a ajouté Paul. Oui, peut-être, a dit Georges, peut-être, et il a eu l'air songeur. Je m'étais quand même fait à l'idée de la Toscane, a-t-il repris. Mais je m'en fous, a-t-il précisé, Christine et moi on s'est séparés, et je m'étais fait à l'idée de la Toscane avec elle, sans elle évidemment à la réflexion pourquoi pas ce truc, là. Comment tu dis, déjà ? Hydra, a dit Paul. C'est une île, non ? a fait Georges. Oui, a dit Paul. Tu n'as rien à grignoter ? a demandé Georges. Désolé, a dit Paul. On a peut-être des olives, a dit Louise, je vais voir. Elle s'est levée, et on a tous attendu qu'elle revienne avec des olives, ou qu'elle revienne sans olives, toute la question provisoirement s'était reportée sur cette histoire d'olives, à propos de quoi on se taisait, mais il y avait, à l'intérieur de ce silence, imbriqué en quelque sorte dans ce silence, en partie recouvert par lui, le silence sur le quand, le pourquoi et le comment de la séparation de Georges d'avec Christine, et, bien sûr, si c'était gênant de relancer Georges à ce sujet, c'était également gênant de ne pas le faire. On attendait, en fait, que Louise revienne, avec ou sans olives, après quoi on verrait pour ce qui était de relancer Georges. Louise est revenue avec un ramequin empli d'olives vertes, apparemment fourrées, qu'elle a posé sur la table. Ah, génial, a dit Georges, et il a pris deux olives, qu'il a entrepris de mâcher. Qu'est-ce qui s'est passé avec Christine ? lui a demandé Louise tout à trac, et je l'ai trouvée franche, courageuse, comme à l'accoutumée. Depuis quand vous ? a-t-elle ajouté sans finir cette seconde phrase, mais tout le monde a bien vu que, profitant d'avoir pris la parole, elle groupait les questions. Je crois qu'il n'y a rien à dire, a répondu globalement Georges en reprenant deux olives, ça remonte à trois semaines. On devait partir quand, au fait ? Donc, on n'en parle pas, a dit Louise. Peut-être pas maintenant, a dit Georges en reprenant encore deux olives et en repoussant le ramequin. D'accord, a dit Louise. Paul a pris une option pour dix jours en juillet, comme prévu. Pas en Toscane, c'est vrai. On a essayé de te joindre pour te prévenir. En fait, on s'inquiétait un peu. Je n'ai pas appelé, a reconnu Georges. Vous vous doutiez de quelque chose ? Pas spécialement, est intervenu William. De toute façon, on s'appelle quoi ? Cinq fois par an ? Un peu plus quand même, a dit Georges. Ce qui est plus étrange, c'est qu'on ne se voit pas. On s'est vus au réveillon, a dit William. Avec pas mal d'autres, ai-je dit. Georges a raison. On se voit peu et on part en vacances ensemble. Du moment que ça se passe bien, a dit Paul. C'est juste, ai-je dit. On peut peut-être aller dîner, a proposé Louise. Vous gardez vos verres ?

On s'est levés avec nos verres, William un peu moins vivement que les autres. William était plus âgé que nous, depuis un an ou deux il avait grossi, il respirait mal, il ne pratiquait aucun sport. Il avait tout de même acheté un vélo d'appartement qu'il avait presque aussitôt revendu pour des raisons de place. Il habitait un petit deux-pièces au quatrième étage sans ascenseur où nous n'étions jamais montés, pas plus, du reste, qu'il n'était venu chez moi ni chez Georges. Nous nous retrouvions irrégulièrement chez Louise et Paul, où nous échangions des propos assez peu personnels, qui s'articulaient autour de nos vacances. Nous partions ensemble depuis trois ans et ignorions presque tout de nos vies avant cette date, excepté pour William, qui nous a rejoints avec son verre alors que nous étions déjà dans la cuisine. Louise et Paul habitaient un appartement spacieux qu'ils avaient choisi à cause de cette cuisine. Elle était grande, avec des tomettes et deux fenêtres à croisillons. On leur enviait leur cuisine, William, Georges et moi. Georges, d'après ce que nous en savions, avait l'air bien logé mais il devait avoir une petite cuisine. Quant à moi, je vivais dans un rez-de-chaussée sombre dont je souhaitais partir et ma cuisine n'avait pas de fenêtre. En vérité, de l'appartement de Louise et Paul, nous ne connaissions que la cuisine et le salon. Nous savions qu'ils avaient deux chambres, où nous n'avions jamais mis les pieds.

Louise, en quittant le salon, avait pensé à emporter le gâteau. Georges, dans la cuisine, lui a indiqué qu'il convenait de le mettre au frais. Le problème, c'est que, dans leur grande cuisine, Louise et Paul n'avaient pas de grand réfrigérateur. Ils avaient un réfrigérateur de taille moyenne, et il était plein. Louise a entrepris de le vider et d'en modifier le rangement. On a patienté. Quand elle a eu fini, Georges regardait par la fenêtre, qui donnait sur la cour. On s'est mis à table avec nos verres, et Louise nous a apportés des artichauts à la grecque. Elle a dit que c'était de circonstance, mais que là-bas on se nourrirait moins bien, qu'on mangerait essentiellement du poulpe et des salades de tomates avec un gros morceau de féta posé dessus. Et de la moussaka, a-t-elle dit. À l'intention de Georges, Paul a suggéré qu'on regarde après le dîner où se trouvait Hydra sur la carte et qu'on aille sur Internet voir les photos de la maison. Il a parlé un peu d'Hydra, qui est une île avec un port du même nom et où on ne se déplace qu'à pied ou sur des ânes. La maison sur laquelle il avait mis une option n'était pas au port mais dans un village distant de quelques kilomètres où on se rendait du port par bateau-taxi. Toute l'île est plutôt montagneuse, mais on était à deux minutes de la première plage. L'eau a l'air très claire, a-t-il précisé. Évidemment, a-t-il ajouté, c'est plein de monastères.

Depuis le début, ça me paraissait bien. J'avais quand même un peu peur de la montagne. William aussi. Pas pour les mêmes raisons. La montagne m'angoisse, William, lui, montait déjà ses quatre étages tous les jours et ce qu'il envisageait, c'était de passer ses vacances sur du plat. En même temps, l'aspect montagneux, on en avait déjà parlé et il n'avait avancé aucun argument contre. On savait que de toute façon il se limiterait au littoral. À la rigueur, il voulait bien louer des ânes pour grimper. Quoi qu'il en soit, en gros, depuis toujours, il suivait. La Corse, Malte, il avait été là avec nous. William était un vieil ami de Paul, il avait enterré ses deux dernières femmes et vivait solitairement tout au long de l'année. Il avait été dentiste et avait tout plaqué pour la peinture. La peinture n'avait pas marché et il s'était lancé dans la chanson à l'époque des quarante-cinq tours. Il en avait enregistré deux, avait gagné pas mal d'argent et vite compris qu'il n'en gagnerait pas davantage. Il l'avait placé et avait rangé sa guitare. Il avait rencontré ses deux femmes ensuite. William était quelqu'un de lucide, qui avait vécu intensément mais dont la santé fléchissait. Ses deux deuils successifs l'avaient perturbé. En vacances, on était là, présents, mais le reste du temps on ne savait pas comment il vivait son isolement. On ne lui connaissait plus de femmes. Il n'en parlait pas, en tout cas. Et on ne lui demandait rien parce qu'il souriait. Il avait une sorte de gentillesse désarmante, et toujours ce sourire aux lèvres qui ne trompait personne mais qui nous empêchait de le brusquer. Quand on se promenait, on avait peur qu'il tombe. Il était très lourd. Curieusement, il nous apaisait. Le reste de l'année, on craignait de prendre de ses nouvelles.

Georges, c'était différent, sa séparation d'avec Christine nous prenait de court, mais c'était un garçon enjoué. Séducteur, hyperactif. Il travaillait dans un journal financier et vivait depuis quatre ans avec Christine. On savait que ni lui ni elle n'étaient d'une fidélité exemplaire, mais ils semblaient tous deux avoir trouvé une sorte d'équilibre, fondé sur une complicité qui n'excluait pas la dissimulation. Un jour, au milieu de leur histoire, d'après les aveux de Georges, ils étaient tombés d'accord pour se mentir. Évidemment, on avait trouvé ça fragile, mais ce qui nous avait abusés jusqu'ici, c'était leur totale absence de frictions. Ils s'entendaient à merveille, et on les avait surpris plusieurs fois en train de rire ensemble.

Ça s'était bien passé en Corse. J'avais sympathisé avec William. Il était moins gros à l'époque, on rentrait sans problème de la plage. Il m'avait appris ses chansons, que je n'avais jamais entendues. Christine avait tenté de me séduire une fois sans succès. Georges ne s'était douté de rien et de toute façon Christine s'était reportée ailleurs. Parfois, elle partait seule. Je l'avais surprise à l'occasion sur la plage, à deux cents mètres de notre groupe. Je crois qu'avant même d'user du charme de sa conversation, qui pouvait être prenante – elle avait notamment de solides notions d'histoire de France –, elle testait son physique. Elle avait peu de défauts de ce côté mais doutait. Parfois, elle pleurait à table. Elle invoquait des choses du passé, dont elle ne révélait rien mais dont elle nous disait qu'elles resurgissaient. Puis elle reprenait du dessert.

Malte, ç'avait été bien aussi. Christine s'était calmée. Georges resplendissait, je les entendais parfois faire l'amour. William avait grossi, il faisait beaucoup de siestes. Paul, je n'en ai pas encore parlé mais, depuis la Corse et même depuis le premier soir chez lui, c'était un mystère. Je ne comprenais pas ce que Louise lui trouvait exactement. C'était un garçon intelligent, vif, qui lisait énormément, mais que je n'arrivais pas à cerner. Il était médecin et ne parlait jamais de son métier. Quand le besoin s'en faisait sentir, on hésitait à lui demander conseil. Par chance, aucun d'entre nous n'avait été malade en sa présence.

Louise restaurait des meubles. Elle n'aimait pas ça. Ce qu'elle voulait, c'était étudier, s'inscrire à la fac. Elle réfléchissait à des méthodes pour y arriver. Elle lançait des idées susceptibles de lui rapporter de l'argent qu'elle abandonnait aussitôt. Paul, de son côté, en gagnait pas mal mais ce n'était pas la raison qui l'avait rapprochée de lui. Louise aimait l'univers de la médecine et, apparemment, chez le médecin qu'était Paul, le décalage entre le sérieux de sa profession et l'espèce d'éparpillement qui le caractérisait dans la vie. Paul était en effet éparpillé. Il s'intéressait à tout mais ne s'arrêtait nulle part. Il ne lisait pas seulement de façon boulimique, il parlait beaucoup aussi, et jamais des mêmes choses. En fait, il était comme quelqu'un qui bouge tout le temps et qu'on ne parvient pas à fixer. Disons qu'il était flou.

J'étais flou aussi. J'étais moins agité. Je suppose que tout ça devait se voir. J'avais plusieurs vies derrière moi qui s'étaient défaites. Je n'avais gardé aucun lien avec elles et mes meilleurs amis étaient partis ou morts. Les autres étaient perdus de vue. J'avais des responsabilités éditoriales dans une grosse maison où je publiais des textes de vulgarisation scientifique et ça me plaisait. De temps à autre, je rencontrais une femme qui m'accompagnait un bout de chemin. Parfois, c'était moi qui l'accompagnais. À un moment, l'un ou l'autre se lassait. J'avais pas mal d'habitudes auxquelles je ne voulais pas renoncer. Des habitudes et des goûts. J'entretenais un certain temps l'illusion de les partager puis j'abandonnais. Comme je l'ai dit, on abandonnait aussi en face. Il n'y a évidemment pas que les goûts et les habitudes. Il y a la sidération. Je n'étais plus sidéré. La beauté me semblait une valeur ancienne. En art, c'était autre chose. Mais je n'aimais pas aller seul dans les expositions.

Mon dernier ami en vie, Jean-Claude Janssen, m'avait fait rencontrer Paul et Louise. En fait, c'est lui qui devait partir avec eux en Corse. Il était mort avant. On était tous un peu âgés. Ce n'était pas pour honorer son souvenir que je l'avais remplacé. Dans la maison que Louise et Paul avaient louée, il restait une chambre. Ils me l'ont proposée. Ils avaient dû me trouver sympathique. Je suis plutôt gentil avec les gens. J'arrive à les distraire un peu, notamment en leur parlant d'astrophysique. Je ne partais plus en vacances depuis des lustres. Exceptionnellement, cette année-là, j'ai eu une appréhension à la perspective de rester tout l'été à Paris. Je n'y connaissais plus personne à l'exception d'un collègue et d'une ou deux femmes avec qui je n'avais pas d'avenir. Tous de toute façon partaient, et je manque de curiosité pour les touristes. J'ai accepté. J'ai prévu d'emporter des livres. J'ai pas mal lu en Corse. Il y a eu William, aussi. Et les autres. Ils se sont montrés amicaux. En un sens, j'ai eu l'impression d'être recueilli. L'année suivante, la tentation m'est venue de me désister. Je n'étais pas très chaud pour Malte. Je n'aimais pas le drapeau. En outre, j'avais le vague projet de renouer avec l'été parisien. Les quartiers vides, la solitude flagrante aux terrasses des cafés, les gens qui continuent à emplir leur coffre sous votre nez et à partir, les commerçants fermés, le soleil qui se reflète dans les bassins. Ils avaient insisté, j'avais manqué de courage. Je n'avais rien regretté. D'autant que lorsque je suis rentré, le sept août, l'été n'était pas fini. J'avais eu le temps de me féliciter du calme, de voir de vieux films qui repassaient à midi au quartier Latin et de penser à ma vie, qui m'avait paru courte et lente.

Louise n'avait pas conçu de menu grec. Après les artichauts, on a eu du poulet. Un bon poulet rôti avec du riz et de la sauce. Je me nourrissais mal dans l'ensemble. J'ai bien mangé. William, trop. Georges lui a suggéré d'attendre avant de se resservir. Paul n'a rien dit, William aurait pu mourir étouffé, je me demande s'il aurait bougé de sa chaise. Il s'était lancé dans un de ses monologues. Je ne sais plus par quel biais il en était arrivé à Henri VIII et à la décapitation d'Ann Boleyn. À l'épée, a-t-il rappelé. J'étais en train de mordre dans une aile. Malgré le conseil de Georges, William s'est resservi. Arrête, lui ai-je dit. Moi aussi, d'ailleurs, tu vois, j'arrête, et j'ai reposé mon aile. Je sors quand même le fromage ? a demandé Louise.

On est passés directement au gâteau. Je vous préviens, a dit Georges, comme Louise ouvrait le réfrigérateur, c'est une mousse. Louise a ouvert le carton et a posé le gâteau sur la table. Il était rose. Ah, a dit Paul, c'est à base de fruits rouges. Tu n'aimes pas ? a dit Georges. Si, si, a dit Paul. Je me demande simplement quels fruits rouges. Alors ? a questionné Georges avec malice. Je me suis demandé si finalement il se remettait si mal de sa séparation. Fraise, a dit William. Groseille, a dit Paul. Comme dans les fruits rouges strictement rouges il restait framboise, on a laissé la parole à Louise, qui a souri, n'a rien dit et a découpé le gâteau. C'était légèrement gélatineux. On a complimenté Georges. Plus tard, Paul a demandé si quelqu'un voulait du café ou quelque chose. Je lui ai demandé s'il avait du déca, je savais que non. Mais il ne se souvenait plus que je le savais. Ah non, pas de déca, a dit Paul. Alors un café léger, ai-je dit. J'ai été le seul à en prendre. Paul, qui avait abandonné Henri VIII pour Charles X, s'est interrompu au milieu d'une phrase et a proposé qu'on retourne au salon pour aller sur Internet. On s'est tous levés et on a attendu là-bas que l'ordinateur s'ouvre. On a vu les photos de la maison, une maison neuve avec des meubles neufs, dans le style local mais sans la patine, évidemment, puis des photos d'Hydra, et ça n'avait pas l'air mal. Mais ça manquait de plans moyens. On n'a pas pu se faire une idée précise de la partie de l'île où on devait séjourner. On a été obligés de se l'imaginer. Personnellement, je voyais ça enclavé. J'ai quand même demandé si, d'après eux, ça ne l'était pas trop. Paul et Louise ont tenté de me rassurer sur ce point. William a dit que lui n'était pas inquiet. En fait, est intervenu Georges, je ne vois pas pourquoi ce serait enclavé. Il avait l'air détendu, maintenant. Peut-être qu'il composait. Ou alors il allait déjà mieux. Après tout, nous le connaissions peu. Il était peut-être bizarre. En vacances, en tout cas, il avait toujours été normal. Exagérément curieux, sans doute. Et collectionneur. Il ramassait beaucoup de cailloux. Paul l'avait rencontré dans une gare un jour de grève, six mois avant la Corse. Aucun des deux ne partait très loin, en tout cas aucun n'était parti, et, m'avait raconté Paul, après que Georges dans la foule lui eut marché sur un pied, ils avaient parlé de départs, de destinations chaudes. Ils avaient échangé leur téléphone. Paul et Louise avaient un certain nombre d'amis avec qui ils ne s'entendaient pas si bien, qu'en tout cas ils ne supportaient qu'à petites doses, et Georges, avec Christine, s'était joint à eux pour la Corse. Voilà.

On est partis vers minuit. William a pris un taxi et je me suis retrouvé avec Georges dans le métro. C'était direct pour lui, je devais changer. On avait cinq stations ensemble. Évidemment, en tête à tête, c'était plus difficile de ne pas parler de Christine. En même temps, cinq stations, c'était un peu court pour en parler. Quant à réaborder la question des vacances, ça me semblait exclu. J'aurais d'ailleurs préféré qu'on n'en parle plus du tout jusqu'à ce qu'on parte. C'était déjà beaucoup d'aller là-bas, d'y rester, de faire comme si tout s'arrêtait pendant dix jours sauf que ces dix jours, précisément, passeraient comme les autres. Bref, avec Georges, on aurait dû pouvoir évoquer autre chose pendant ces cinq stations. On n'a pas pu. Pas tout de suite. Je pense que ce sera bien, a dit en effet Georges. Certainement, ai-je dit. Je fais confiance à Paul et Louise. Tu changes où ? a-t-il dit. Chaussée-d'Antin, ai-je dit. Et toi ? a dit Georges. Quoi ? ai-je dit. Tu ne vois plus Hélène ? a-t-il dit. Ah, ai-je dit, je t'ai parlé d'Hélène. Oui, a dit Georges, tu m'as parlé d'Hélène. Deux fois. À Malte et au réveillon. Au réveillon, ai-je dit, ça m'étonne. C'était fini depuis longtemps, Hélène. On était debout entre les strapontins, dans un wagon aux trois quarts vide. Georges se tenait à la barre d'appui centrale. J'évitais de le faire depuis que j'avais lu une enquête sur les microbes. J'avais envie de lui dire de lâcher cette barre. Ça te fait quel âge ? a dit Georges. Cinquante-neuf, ai-je dit. Et toi ? Cinquante-cinq, a dit Georges. C'est mieux, ai-je dit. Tu devrais lâcher cette barre, c'est plein de microbes. Imagine tous les gens qui ont posé leurs mains dessus. Georges m'a regardé, il a regardé la barre et il l'a lâchée. Ça commence quand même à être moins bien, a-t-il dit. Le chiffre, surtout. Pas tellement le corps. Le corps, ça va. C'est plutôt le temps. Où est le problème ? ai-je dit. Tu te portes bien, tu fais des choses. C'est ce qui m'inquiète, a dit Georges. J'ai peur de ralentir et qu'ensuite ça aille vite. Je ne dis pas ça pour toi. Merci, ai-je dit. Mais regarde William, a dit Georges. William, ai-je dit, il suffit de le faire bouger. Il est juste trop lourd. Il lui faudrait peut-être aussi une femme. Et un check-up. Je ne sais pas ce qu'en pense Paul. Paul, a dit Georges, pour moi, c'est un mystère. Tu vas rater ta station, a-t-il ajouté. Ah, ai-je dit. On s'est serré la main.

J'étais content que Georges ait du mal aussi à appréhender Paul. J'ai été assis ensuite à côté d'une vieille dame, en face d'une autre vieille dame et d'une très jeune fille. Toutes les trois lisaient. Je ne faisais rien, je ne fais jamais rien dans le métro. Je regardais la vieille dame en face de moi et la jeune fille, et j'ai pensé que la vieille dame sortait tard le soir. L'autre vieille dame aussi. À un moment, elles se sont levées toutes les trois, après avoir refermé leur livre, et j'ai compris qu'elles étaient ensemble. J'aurais voulu en savoir plus. Les jeunes qui restaient dans le wagon se sont mis à parler fort. Un mendiant est monté à la station suivante, à une extrémité du wagon, il s'est arrêté près de la barre d'appui centrale et je me suis dit qu'il allait s'excuser de passer parmi nous après avoir évoqué son honnêteté et son besoin de rester propre mais, ayant considéré le wagon, il s'est assis sur un strapontin.

Quand je suis arrivé chez moi et que j'ai introduit la clé dans la serrure, j'ai imaginé, ça m'arrive parfois, que mon appartement avait été dévasté, qu'on avait répandu mes papiers et brisé mes meubles, mais ce n'était pas le cas, tout avait l'air normal. J'ai considéré que c'était une chance et je me suis couché avec un livre. Le lendemain, j'ai retrouvé le bureau, j'ai répondu à des coups de téléphone et j'en ai passé. À treize heures, j'ai déjeuné avec un auteur que je faisais travailler sur le système solaire. Saturne le tracassait, il portait une longue moustache fournie qui lui venait sur la lèvre supérieure et même un peu sur l'inférieure, et des miettes lui restaient dans les poils. Je lui ai dit que Saturne, toutes proportions gardées, ne me paraissait pas si compliquée que ça, il m'a répondu qu'en fait, pour lui, c'était plutôt psychologique. Tout était compliqué dans le système solaire, et au-delà aussi, bien sûr, et, comme il en était à Saturne et qu'il avait des soucis d'ordre privé, il bloquait sur Saturne, mais Saturne n'y était pas pour grand-chose. En un sens, ça m'a rassuré.

En revanche, il lissait beaucoup sa moustache, d'où il retirait involontairement quelques miettes, il avait l'air nerveux, et je lui ai proposé qu'il me tienne rapidement au courant de l'évolution de son travail ou même de sa situation personnelle, si ça pouvait l'aider. L'après-midi, j'ai reçu les épreuves d'un petit dictionnaire de l'énergie hydroélectrique, j'ai commencé à les regarder et Favier, de la direction, m'a appelé pour dire qu'on laissait tomber, qu'on ne sortait pas ce truc. Je ne comprends même pas comment on a pu y croire, a-t-il dit. Il faut qu'on arrête avec ces séries thématiques qu'on n'arrive pas à nourrir. J'ai rangé les épreuves et Joubert est entré dans le bureau en brandissant son bouquin tout neuf sur le point de croix. Il m'a demandé ce que j'en pensais. Je l'ai feuilleté et j'ai dit que la couverture était bien, avec une belle mise en page qui donnait envie de se mettre au point de croix. Tu ne veux pas descendre en fumer une avec moi ? a-t-il dit. Je lui ai rappelé que je ne fumais pas et que, au cas où il me demanderait de leurs nouvelles, je n'avais toujours pas d'enfants. Joubert s'est renfrogné. Je plaisantais, ai-je dit. Je ne plaisantais pas mais je préférais avoir des rapports modérés avec Joubert, que je soupçonnais de pouvoir être violent. Il est sorti sans claquer la porte, parce que la porte de mon bureau est toujours ouverte, sinon j'étouffe. Mais j'ai vu qu'il avait cherché un geste équivalent, sa main s'était promenée un moment en l'air comme à la recherche d'une gifle ou d'une poignée. Après son passage et le coup de fil de Favier, je n'ai plus trop su quel dossier sortir de mon tiroir et j'ai regardé les posters au mur. Un champ de neige d'un côté, une plongée dans un sous-bois de l'autre. Ils y étaient quand j'avais pris possession du bureau.

Après, les jours ont passé, comme d'habitude. Le soir, je lisais, je regardais la télé. J'ai vu une fois Roberta Giraud, qui s'est présentée à ma porte. Sur le seuil, elle a commencé à m'enlacer et dans la pièce on a fait l'amour. Je lui ai simplement demandé de ne pas rester dormir et, pour ce qui était de dîner, je n'avais pas faim. Elle, si. Je lui ai fait des pâtes et je l'ai regardée manger ses pâtes d'un air concentré et vorace. Elle avait juste passé sa chemise. Elle était très blonde, un peu marquée, avec des seins en forme de rigoureuse demi-sphère. C'était une collègue qui ne travaillait pas au même étage. On se croisait devant la machine à café et elle m'avait coincé une fois dans un couloir. Je crois qu'elle appréciait mes silences.

Elle m'a dit, après avoir triomphé d'une fourchettée de spaghettis trop lâche, qu'elle prenait des forces. Je lui ai demandé pourquoi. S'est ensuivie une déclaration mal fichue d'où il ressortait qu'elle aurait bien aimé avoir avec moi une relation suivie mais qu'elle n'avait jamais pu me le dire. Je n'ai pas su quoi répondre, je ne voyais pas trop ce qu'elle entendait par là, et j'ai piqué quelques pâtes dans son assiette. Hé ! a-t-elle protesté, après quoi elle m'a demandé si j'avais des yaourts. Je lui ai dit que non et je lui ai proposé un fruit. Non, pas de fruit, a-t-elle dit. Je l'aimais bien mais je l'avais toujours trouvée, en dehors de sa sensualité et de sa désinvolture, qui me convenait assez, trop distante avec elle-même. Notamment elle n'avait pas peur de la mort et ça me choquait. Elle pouvait disparaître d'un jour à l'autre, m'avait-elle expliqué, ça ne la gênait pas, et elle avait changé de sujet. Je ne l'avais pas enviée, elle ne surmontait rien. Moi, je préférais surmonter les choses. De toute façon, comme tout le monde, je n'avais pas le choix. Je croyais beaucoup à la distraction, à la lecture, au cinéma. La philosophie ne m'avait pas aidé. Roberta Giraud est rentrée chez elle et j'ai eu faim, j'ai mis de la semoule à gonfler dans un bol d'eau chaude.

C'est le lendemain que Georges m'a appelé. William avait eu une alerte. Il s'était rendu seul aux urgences après avoir essayé de joindre Paul sur son portable. William avait un médecin traitant qui n'était pas Paul, comme Georges et moi, et qu'il n'avait pas joint davantage. Il n'avait pas non plus appelé le Samu parce qu'il habitait en face de l'hôpital Cochin, il voyait les urgences de sa fenêtre. À la limite, il aurait pu les appeler de vive voix en l'ouvrant. Il s'était contenté de descendre ses quatre étages en se tenant à la rampe. Il avait eu, en quelque sorte, la chance de se trouver chez lui au bon moment. William, par ailleurs, sortait peu depuis qu'il avait pris sa retraite anticipée de l'enseignement mais il sortait tout de même. Pour ce qu'on en savait, il se déplaçait dans les limites de son quartier. Il nous avait parlé de sa boulangerie, qui faisait une baguette remarquable, et de son coiffeur, qu'on avait retrouvé un soir poignardé sur le trottoir devant son salon après la fermeture. Il circulait en gros autour de Port-Royal. Parfois, il marchait jusqu'au jardin public qui se trouve avant celui du Luxembourg, et où il s'asseyait sur un banc, mais jamais jusqu'au jardin du Luxembourg. En outre, il n'avait pas l'air de fréquenter Montparnasse. Nous lui avions conseillé de pousser jusque-là, jusqu'aux cafés et aux cinémas, mais il nous avait expliqué qu'à l'occasion il se dirigeait plutôt vers Saint-Jacques, le long de sa rue. Parfois, de ce côté, il s'arrêtait chez un droguiste à qui il achetait des détachants spécifiques.

Au téléphone, Georges m'a parlé d'embolie. William était sous oxygène, on lui administrait des anticoagulants et il ne savait pas quand il rentrerait. Georges a proposé qu'on passe le voir dans la soirée, avant vingt heures, il n'avait pas envie d'aller seul à l'hôpital. Personnellement, je ne déteste pas les hôpitaux. Ma mère, à une époque, y avait séjourné longuement. Je m'étais habitué aux couloirs, aux infirmières, aux salles de repos, aux gens qui fument à l'extérieur avec leurs bouteilles pendues à un support à roulettes, devant les entrées à déclenchement électronique. Une bonne partie de la population était hospitalisée et je regardais d'un autre œil, en sortant, les gens qui ne l'étaient pas. Je me voyais moi-même en bonne santé en me disant que l'idée, c'était de tenir le plus longtemps possible dehors.

Georges n'a pas raccroché tout de suite, il a pris le temps de me parler de son journal et de la finance en général, sur laquelle il avait naturellement des théories. Je l'ai écouté sans l'interrompre, je n'avais pas de travail urgent. Je ne comprenais à peu près rien à ce qu'il me racontait, je n'ai jamais rien compris, du reste, à toutes ces histoires, non plus que, en l'occurrence, à la médecine. Je ne m'intéresse pas beaucoup, c'est vrai, à ce qui se passe à l'intérieur des corps et en particulier du mien, je sais seulement que c'est compliqué et que quand ça ne fonctionne pas ça fait mal. Pas question, donc, de vivre avec une vision de moi en coupe ni d'appréhender ce qui se délite de l'autre côté de la peau, et c'est pareil pour la finance tapie à l'intérieur du corps social qu'elle infecte avec ses abstractions. Mais l'hôpital en visiteur, non, ça ne me gênait pas, je voyais même ça comme un vaccin, et j'aime bien les malades. En vérité, j'avais envie de retrouver William, de l'accompagner dans ce commencement de destruction avec l'espoir qu'il s'en sorte, bien sûr, et qu'il remonte ses quatre étages. Mais même sans ça. Même sans espoir.

Je ne dramatisais pas, je forgeais des hypothèses. J'avais reçu une nouvelle mouture du chapitre sur Saturne que je n'avais pas encore lue. Je l'ai ouverte. Mon auteur avait repris du poil de la bête, il répercutait de façon convaincante le fait que la planète, en raison de sa dernière couche gazeuse, n'a pas à proprement parler de surface. En outre, sa masse volumique étant inférieure à celle de l'eau, elle pourrait, pour peu qu'on l'y pousse comme un canard en plastique, flotter dans une quantité appropriée de liquide. Ça m'allait comme vision, quoiqu'un peu plus loin mon auteur s'empêtrât dans le dénombrement et dans la description des satellites, qui tendent à se confondre avec les morceaux de glace présents dans les anneaux. Je lui ai accordé mentalement que ce n'était clair pour personne et, surtout, je l'ai remercié, dans les pages suivantes, comme il s'éloignait du système solaire et par conséquent de son sujet, d'affirmer qu'au bout d'un temps parcouru dans l'espace on perd pied. Même si c'était autobiographique, ça m'a paru juste. J'ai coché deux passages où se logeaient des barbarismes et mon portable a de nouveau sonné. C'était Joukov, de l'agence immobilière Javel, qui me proposait un appartement au bord de la Seine, avec un loyer attractif. Alors, ai-je répondu pédagogiquement, si le loyer est attrayant, je veux bien que vous me le montriez. J'avais lancé Joukov et quelques autres dans cette recherche d'appartement depuis que je ne supportais plus le mien, et j'en avais visité plusieurs qui, sitôt passé l'entrée, m'avaient fait entrevoir comme une préfiguration de la fin, mais je ne m'étais pas découragé. J'en avais visité d'autres. Celui-là, avec son loyer, cachait forcément un vice. Je m'en suis ouvert à Joukov, qui m'a dit que le mieux c'était quand même de se rendre sur place. J'en suis convenu. On s'est fixé rendez-vous à dix-huit heures trente, devant l'immeuble, ça me laissait tout le temps d'arriver vers vingt heures à l'hôpital.

Je me suis retrouvé dans le bas de l'avenue de Versailles, la Maison de la Radio derrière moi, à attendre sur le trottoir dans une ambiance qui ne me déplaisait pas parce que ça ressemblait à nulle part, avec un café d'angle qui faisait comme un havre. Autour, c'était plutôt vaste et bruyant, sans rien pour accrocher le regard, et, vers la Seine, le paysage achevait de ficher le camp dans l'envolée du pont de Grenelle. L'immeuble devant lequel j'attendais était moderne, avec des fenêtres qui partaient de très haut au-dessus du sol, et face à quoi, pour ce que j'en savais, il convient de se tenir debout si on veut prendre vue de l'extérieur. Joukov avait dix minutes de retard, par chance il était affable comme d'habitude, et chaque fois qu'il m'avait fait visiter un de ses taudis je n'avais eu qu'à me féliciter de son comportement. Je commence à mieux voir ce qu'il vous faut, disait-il quand nous en sortions et qu'il prenait, semblait-il, la mesure de mon accablement, mais sans l'encourager, en somme, ni même laisser supposer que je puisse m'y abandonner en échappant à son contrôle. Joukov m'a fait entrer dans l'immeuble, le sol résonnait, on a tourné dans des couloirs nus. Devant une porte, il s'est arrêté comme s'il avait un doute, il a sonné en précisant qu'en principe il n'y avait personne, l'appartement était vide, puis il a entrepris d'ouvrir à l'aide d'une clé qu'il avait déjà sortie sur le trottoir. L'une des deux serrures était montée à l'envers, Joukov ne s'est pas énervé, moi non plus, Joukov, dans nos pérégrinations, avait toujours réussi à ouvrir toutes les portes. On a fini par entrer, l'appartement m'a tout de suite paru spacieux, avec des zones de clarté près des fenêtres et une légère déperdition de cette clarté au centre, tout était d'un seul tenant, lumière traversante, a dit Joukov, double exposition, comme vous voyez c'est plutôt un loft. C'est même franchement un loft, ai-je dit, et Joukov a paru embarrassé pour une autre raison, liée toutefois au fait que c'était un loft, mais pas au fait que je venais d'insister sur ce point, Joukov a en effet hésité à me guider dans cet espace indéterminé et vide, à prendre une direction ou une autre, vers les fenêtres de droite ou vers les fenêtres de gauche, je vous laisse regarder, a-t-il fini par dire. Je me suis avancé vers la droite, côté Seine, où, émergeant au milieu du fleuve, se découpait distinctement la réplique d'une dizaine de mètres de la statue de la Liberté, avec, sur la rive opposée, un alignement de tours hétéroclites et tout ce qu'on pouvait rêver de ciel au-dessus. J'ai dit à Joukov, en m'approchant des fenêtres, que la vue était bien, que c'était un point fort, tout en me demandant si la statue de la Liberté n'allait pas finir par me poser un problème, si je m'installais ici, et j'ai pensé que non, il est vrai que son socle était encadré d'arbres au feuillage retombant, peut-être des saules, tout de même, ai-je pensé, c'est la statue de la Liberté, avec son flambeau, la statue de la Liberté et uniquement elle, chaque jour, ai-je pensé, avec son bras levé et sa torche, et la manche de sa robe qui lui retombe jusqu'au-dessous du coude en plissant, et sa couronne à pointes, mais enfin il y avait là aussi la Seine, avec ses péniches, donc, et l'irisation de son courant sous le soleil, ses reflets, son eau, en fait, en travers de la ville, et je me suis dit tout de même, Joukov m'a trouvé quelque chose d'exceptionnel ce soir, puis je me suis encore approché des fenêtres et, en baissant les yeux, j'ai vu la voie rapide. Elle courait cinq mètres plus bas, avec ses voitures lancées à grande vitesse qui se doublaient dans un esprit de compétition rageur, ainsi que dans un bruit dont je n'avais pas encore pris conscience et qu'atténuaient assez efficacement ce que j'ai identifié comme des doubles vitrages. Je me suis reculé, on ne voyait plus les voitures. Évidemment, maintenant, je les entendais, et j'ai essayé de savoir si c'était gênant, mais c'était difficile, ce n'est pas pareil, me disais-je, de me retrouver seul dans cet appartement et de m'y trouver avec Joukov, qui toutefois ne disait mot, ai-je observé, de sorte qu'il régnait entre nous un silence propice à l'écoute du bruit, mais là encore ce n'était pas pareil, il y avait la présence de Joukov, la façon dont cette présence et la mienne emplissaient la pièce, la meublaient, Joukov et moi-même écoutant visiblement le bruit, maintenant, et Joukov observant ses effets sur moi, mesurant la découverte que je venais de faire, bien sûr, a-t-il enfin dit, vous avez cette sorte de rumeur mais il n'est pas certain qu'on ne s'y habitue pas à force, j'ai habité moi-même boulevard Lefebvre au-dessus d'un feu rouge et un mois plus tard je ne m'en rendais plus compte. Sauf que là, monsieur Joukov, ai-je dit, c'est tout de même exactement le contraire d'un feu rouge. Justement, a dit Joukov, justement, et il a ajouté qu'on pouvait peut-être aller voir l'autre côté, vers l'avenue de Versailles.

On y est allés. J'étais partagé en ces instants entre le projet de pousser plus avant la visite et celui de m'enfuir, mais il y avait dans cet appartement un je-ne-sais-quoi qui me retenait, peut-être l'idée d'arriver sinon au bout, du moins au bord de quelque chose, ou c'est peut-être seulement la vue, me disais-je, quand on se tient un peu à distance des fenêtres, ou encore cette double exposition, et j'ai demandé à Joukov, du côté de l'avenue de Versailles, d'ouvrir les fenêtres, j'avais préféré m'en passer côté Seine. Joukov a ouvert et je dois à la vérité de dire que, du côté de l'avenue de Versailles, fenêtres ouvertes, c'était clairement bruyant, de sorte qu'en ouvrant de ce côté tout en laissant fermé de l'autre on avait quand même du bruit, donc je ne vois pas bien comment régler ce problème, ai-je dit à Joukov. Il m'a répondu que c'était la mauvaise heure, ce qui n'était pas faux, à quoi j'ai rétorqué toutefois que l'avenue de Versailles me paraissait être un axe important, même en dehors de la mauvaise heure. Évidemment, m'a dit Joukov, ce n'est pas une ruelle. Mais vous avez cet espace, a-t-il rappelé, et cette lumière, sans oublier la Seine. Je ne l'oublie pas, ai-je dit, et je me suis demandé cette fois si ça m'intéressait d'avoir la Seine dans mes fenêtres, et je n'ai pas su, j'aurais eu besoin de parler à quelqu'un, je crois, à quelqu'un qui ait eu une opinion sur la Seine, sur l'intérêt de vivre avec une vue sur la Seine, j'ai cherché dans ce qui me restait de relations et je ne me suis pas souvenu d'avoir évoqué cette éventualité avec qui que ce soit, de fait j'avais vécu jusqu'ici sans me poser la question, en fréquentant des gens qui ne se l'étaient pas posée non plus. J'ai dit à Joukov, quand il m'a eu montré le reste, cuisine, sanitaires, rangements, que j'allais réfléchir, et en le quittant j'ai pris la direction de l'hôpital.

William était branché de partout, il avait notamment des tuyaux dans le nez qui déformaient sa diction, à moins que ce ne fussent les anticoagulants, et je n'ai entamé avec lui qu'un dialogue insatisfaisant, insincère, même, pour ce qui me concernait, relancé qu'il était par mes soins sur la base de ses réponses tronquées ou inaudibles, et par conséquent nourri de mes approbations artificielles et de mes questions hasardeuses. Il en est ressorti tout de même que William ne savait pas grand-chose sur ce qui l'attendait. Il avait fini par joindre Paul, qui lui avait promis de passer. Quant à la venue d'un médecin de l'hôpital, elle relevait encore de la conjecture. Au reste, les infirmières étaient débordées et les murs étaient jaunes, qui contrastaient avec le bleu de la porte entrouverte sur le couloir, où passait de temps à autre un chariot. Georges n'était pas là. Je l'avais attendu en vain devant l'entrée de l'hôpital, à vingt heures quinze j'avais essayé de le joindre, à la demie je m'étais renseigné sur l'endroit où se trouvait William et j'étais monté.

William m'a remercié pour ma visite, il était fatigué. Georges est arrivé au moment où je partais, il était essoufflé. Il s'est assis au bord du lit et a touché le poignet de William. Je n'avais pas touché le poignet de William. Je n'allais pas non plus le toucher maintenant que Georges l'avait fait, je ne toucherais donc pas le poignet de William ce soir, ni aucun autre soir, ai-je pensé, maintenant que Georges l'a fait je ne pourrai jamais le faire, or maintenant que Georges l'a fait j'aimerais l'avoir fait. Mais même pas, ai-je pensé. Je regrette simplement que Georges l'ait fait. En vérité, j'avais souvent par le passé pensé à toucher le poignet des gens, sans le faire, ou simplement regretté de n'avoir pas pensé à le faire, et, dans l'ensemble, j'avais peu touché le poignet des gens et peu les gens de toute façon, à l'exception des femmes, mais il n'y a pas que les femmes, avais-je pensé souvent, il y a aussi l'amitié. Je me suis promis de demander à Georges, quand on aurait quitté la chambre, non ce qui l'avait autorisé à toucher le poignet de William, qu'il connaissait plutôt moins que moi, me semblait-il, et avec qui il ne s'entendait pas aussi bien, mais pour quelle raison il était arrivé en retard, retard qui, soit dit en passant, me rendait encore plus désagréable le fait que Georges avait touché le poignet de William, et non moi, qui étais arrivé à l'heure. Reproche évidemment indicible, qui réclamait que je lui substitue celui du retard, que je ne formulerais toutefois pas sous la forme d'un reproche mais sous la forme d'une question.

J'étais, par ailleurs, curieux de savoir pourquoi Georges était arrivé en retard.

On n'est pas restés longtemps, William tendait à s'assoupir et, quand il rouvrait les yeux, il avait l'air de penser qu'on venait d'arriver, de sorte qu'on devait reprendre les choses à zéro et que ça devenait fatigant pour tout le monde. Bon, a dit Georges en retouchant le poignet de William, on repasse te voir bientôt, mais je ne lui ai pas laissé de surcroît le monopole de la parole, j'ai dit moi je repasserai demain, en tout cas, et Georges n'a rien dit de plus, il ne devait pas pouvoir repasser le lendemain ou ne pas vouloir, je me demandais si je ne commençais pas à éprouver pour lui une forme d'antipathie alors qu'au départ je ne le détestais pas, au contraire, et en plus, maintenant, ai-je pensé, on va repartir ensemble. On a quitté la chambre, et dans le couloir, où je me suis fait la réflexion que je n'avais jamais eu d'aventure avec une infirmière, je n'ai pas demandé à Georges pourquoi il était arrivé en retard, je me suis contenté de faire allusion à son essoufflement quand il était entré dans la chambre. J'ai couru, a dit Georges, j'ai eu un problème avec un taxi. Je n'ai pas laissé passer ça, cette histoire de taxi, j'ai dit un taxi, c'est stupide, ce n'est pas fiable, pourquoi tu n'as pas pris le métro ? Parce que j'étais en retard, a dit Georges, et j'ai été content qu'il l'avoue, mais je ne savais toujours pas pourquoi. J'en avais un peu assez de mon attitude, toutefois, concernant cette histoire de retard, et je lui ai tendu une perche. C'est le journal ? ai-je demandé. On bouclait, a dit

Georges, sans que je sache s'il saisissait ma perche ou si c'était vrai. Ah, ai-je dit, décidé à lâcher prise. Je trouve curieux que tu insistes là-dessus, a cependant déclaré Georges, je préférerais que tu me dises comment tu as trouvé William. Là, je n'ai pas su quoi répondre tout de suite, j'ai recommencé à penser que Georges exagérait, qu'il inversait les rôles, c'était maintenant moi qui ne me souciais pas de William, c'est la meilleure, celle-là, me suis-je dit, comment ça ? ai-je protesté. Ça signifie quoi, cette question ?

Rien, a dit Georges, et il a ajouté qu'il me trouvait tendu, on arrivait dans le hall de l'hôpital, on voyait la sortie, et je lui ai dit que je n'étais pas tendu du tout mais qu'à la réflexion ç'aurait été plutôt à moi de lui poser cette question, comment il avait trouvé William, moi j'avais eu le temps de me faire une opinion avant qu'il n'arrive. Si tu veux, si tu veux, a dit Georges, qui m'a paru bien arrangeant, finalement, à sa place je me serais peut-être énervé. Pas très frais, en fait, a-t-il dit. C'est sûr, ai-je dit, manière de calmer le jeu, et on s'engageait dans la rue, à ce moment, on se dirigeait vers le boulevard de Port-Royal, nos rapports commençaient déjà à s'apaiser, je crois, ce qui est une chance, pensais-je, parce que je n'ai pas spécialement besoin d'avoir des rapports tendus avec Georges. Je ne lui en voulais pas, finalement. Je m'en voulais plutôt à moi, à bien y réfléchir, de ne pas avoir eu ce geste, peut-être parce que dans ma tête je ne me sens pas assez protecteur, me disais-je, c'est peut-être pour ça que je n'ai pas eu d'enfants, me disais-je encore, mais Georges non plus, observais-je, et d'ailleurs Paul non plus, ni William, personne n'a eu d'enfants parmi nous, synthétisais-je, c'est quand même quelque chose. C'est étrange, ai-je pensé. J'aimerais savoir à qui ça manque, me suis-je dit. Et, tout en marchant avec Georges en direction du boulevard de Port-Royal, où passaient des taxis, je me demandais si Georges n'était pas tout simplement un brave garçon, s'il n'avait pas tout simplement un bon fond. Mais je m'apercevais aussi que cette question ne m'intéressait pas, que je ne m'intéressais pas au fond des gens, que ce qui m'intéressait, chez eux, dans la mesure où je m'y intéressais, c'était ce qu'ils manifestaient, et je me posais plutôt la question de savoir si Georges, après avoir manifesté naturellement de la commisération pour William, ne me témoignait pas tout bonnement une forme d'amitié. À moins qu'il ne tienne pas à se fâcher avec moi pour la raison que nous devons passer des vacances ensemble, pensais-je. Mais je ne savais pas grand-chose de Georges, je l'ai dit, à l'exception de son goût de la vie et de son intérêt pour la finance et les cailloux, je me demandais d'ailleurs où il rangeait tous ces cailloux, qu'il ramassait chaque fois que l'occasion s'en présentait, semblait-il, ce qui est une question secondaire, me disais-je, l'important c'est ce besoin qu'il a de les ramasser et probablement de les conserver, et bien sûr son goût pour les femmes, que je n'oublie pas, mais qui donc pourrait ne pas avoir de goût pour les femmes, pensais-je, à l'exception de ces gens qui préfèrent ramasser des cailloux, exclusivement, dont Georges ne fait pas partie, évidemment, Georges aime les femmes et les cailloux, je ne dis pas qu'il collectionne les femmes, attention, d'ailleurs, je ne le connais pas assez pour me le permettre. Alors, lui ai-je dit comme nous atteignions le boulevard, tu peux me parler deux minutes de ce qui s'est passé exactement avec Christine, maintenant ? Eh bien, a-t-il dit, on peut dîner ensemble, si tu veux. Tu as le temps ?

J'avais le temps. J'avais objectivement plein de temps. J'aurais même pu parler avec Georges de tout ce temps que j'avais. Je préférais cependant évoquer sa séparation d'avec Christine, mais j'hésitais à dîner avec lui. Prendre un verre, peut-être. Je ne parvenais pas à estimer le temps que nous mettrions à parler de Christine. Ni mon degré de curiosité pour ce qui s'était passé. J'avais quand même envie de savoir. Je voudrais me coucher tôt, ai-je dit. Je préférerais prendre un verre. En fait, j'ai un peu faim, a dit Georges. Je dînerais bien quand même, et toi tu prends un verre. Ou alors un croque-monsieur, a-t-il ajouté. On prend tous les deux un croque-monsieur et après on rentre. Bon, ai-je dit, d'accord. Où ça ?

On a regardé le boulevard. On était arrivés au carrefour avec l'avenue Denfert-Rochereau et Georges a évoqué la possibilité de la Closerie des Lilas, avec sa terrasse arborée. J'ai dit qu'il n'était pas certain qu'ils servent là des croque-monsieur, qu'on ferait peut-être mieux d'aller en face. Georges n'a pas discuté, on est allés en face, où ils servaient des croque-monsieur. J'ai personnellement commandé un croque-madame et j'ai dit à Georges alors ? parce que je ne voulais pas que ça traîne trop. Georges aurait visiblement préféré attendre son croque-monsieur mais là encore il n'a pas voulu me contrarier, il a dit je vais te dire quelque chose qui va te surprendre ou non, Jean, mais tu n'es pas totalement étranger à cette histoire. Ah oui ? ai-je dit, et j'ai évidemment pensé au fait que j'avais failli une fois coucher avec Christine, en Corse, je n'y avais pas repensé depuis, je n'avais jamais été amoureux de Christine, ni elle de moi, je crois, je ne savais pas du reste que Georges était au courant, en principe, de leur propre aveu, ni l'une ni l'un ne racontait à l'autre ce genre de choses. En outre, il ne s'était rien passé. Je n'ai pas fait comme si je ne voyais pas ce que Georges voulait dire, en tout cas, je n'ai pas fait non plus comme si je n'avais pas failli une fois, en Corse, coucher avec Christine, j'ai fait exactement comme si d'avoir failli une fois coucher avec Christine en Corse n'aurait pas dû avoir d'incidence sur les rapports de Georges et Christine ni sur nos rapports à nous, Georges et moi. C'est-à-dire que j'ai eu l'air étonné de ça, et j'étais réellement étonné de ça. Elle ne m'a pas dit tout de suite qu'elle avait envisagé de coucher avec toi, en Corse, a repris Georges, tout en guettant l'arrivée de son croque-monsieur, elle me l'a avoué il y a trois semaines, c'est ce qui m'a perturbé. Et toi, tu en as eu envie ? m'a-t-il demandé. Je ne suis pas sûr que ce soit la bonne question, ai-je dit, si je te réponds non tu ne vas peut-être pas me croire, ou le prendre mal, et si je te réponds oui tu vas me croire et peut-être le prendre mal aussi. Oui, mais la vérité, c'est quoi ? a dit Georges. Christine est une femme désirable, ai-je dit, tu peux peut-être te contenter de ça. Admettons, a dit Georges, qui guettait tout de même toujours son croque-monsieur, en tout cas elle m'en a parlé bien tard. Je suis d'accord, ai-je dit. Je ne comprends pas pourquoi. Oui, a dit Georges, c'est ce que je lui ai dit, pourquoi si tard, et surtout pourquoi tu m'en parles. Tu aurais pu tout aussi bien ne pas m'en parler, c'est ce que j'ai ajouté, a dit Georges, et à partir de là ça s'est dégradé, a-t-il commenté. Le serveur est arrivé avec le croque-monsieur de Georges et mon croque-madame, et Georges a attaqué son assiette. Je nous ai servi un peu du vin que nous avions également commandé et j'en ai bu une gorgée. Georges a continué de manger sans boire, ni sans ajouter un mot, je me suis senti obligé de le relancer. Christine ne m'a jamais fait de proposition nette, ai-je dit, moi non plus. Peut-être, a dit Georges, qui a finalement pris une gorgée de son verre, mais elle s'est mis en tête que je ne lui convenais plus. Je me demande maintenant si elle n'aurait pas préféré que je lui fasse une scène. Ce n'était pas dans vos accords, ai-je dit. Ni dans votre sensibilité. Elle a peut-être changé de sensibilité, a dit Georges, tu l'as peut-être fait changer de sensibilité. J'ai regardé Georges dans les yeux en me demandant d'abord si son hypothèse valait quelque chose, puis s'il s'agissait d'un reproche, mais j'ai compris que ce n'était pas exactement ça, il n'y avait pas de rancœur dans le regard de Georges, qui, comme le soir où nous nous étions réunis chez Paul, semblait pris d'une fringale. Il avait terminé son croque-monsieur quand j'en étais encore à cerner le jaune de mon œuf sur mon croque-madame, dont je réduisais lentement la surface en progressant de la périphérie vers le centre. Je crains qu'avec toi, a dit Georges en déposant ses couverts dans son assiette, Christine n'ait compris qu'il y avait une autre vie possible, même si ce n'était pas avec toi. Je ne sais pas, ai-je dit, tu vas peut-être un peu loin quand même, Christine a pu aussi bien décider de changer de vie toute seule et que je n'y sois pour rien, c'est d'ailleurs ce qui me paraît le plus probable, ai-je ajouté en crevant le jaune de mon œuf, lequel, ne disposant plus de la surface de mie nécessaire pour s'y étendre et l'imprégner, a commencé de couler à la verticale du pain. Je me suis empressé, quand il a eu atteint l'assiette, de l'absorber à l'aide de la bouchée que je venais de découper, en ayant assez dit, me semblait-il, pour ma défense et, d'une façon plus large, pour expliquer ce qui s'était passé du côté de Christine, sachant que du côté de Georges j'avais là face à moi un homme qui regrettait, ou qui souffrait, ou qui cherchait simplement à comprendre, et que j'étais embêté pour lui. Quant à savoir si l'idée que Christine ait pu le quitter par ma faute me flattait, en un sens, c'était difficile, je ne me sentais pas apte à l'exploiter, en tout cas, ça ne me donnait même pas de force par rapport à Georges concernant notamment cette histoire d'avoir touché le poignet de William. De sorte que, songeant qu'il avait peut-être raison quant à mon rôle dans cette histoire, je ne me sentais en définitive ni coupable ni flatté mais bien plutôt encombré de ce problème avec Christine, comme d'un bagage inutile, ne contenant pas grand-chose mais qu'il me fallait bien porter. Je me sens seul, a encore dit Georges, la vérité est que je me sens seul maintenant et que je n'ai plus du tout l'habitude de ça. Là, je ne sais pas pourquoi ça m'a pris, je peux jurer que je n'étais animé par aucun esprit de revanche, mais, comme Georges avait une main qui traînait sur la table, à malaxer de la mie de pain, je la lui ai tapotée. On en est tous là, ai-je dit, à se coltiner la solitude, excepté quelques naïfs qui se croient entourés et qui n'ont pas encore compris. Je te remercie de tes encouragements, a dit Georges en retirant sa main de sous la mienne, mais j'avais déjà esquissé le même geste. Qu'est-ce qu'on fait ? a-t-il ajouté, on prend un café ?

On a pris un café. Georges m'a encore un peu parlé de Christine, ainsi que de moi vu par Christine, cette idiote lui avait donc parlé de moi un peu longuement, et je découvrais dans le discours de Georges, qui reproduisait celui de Christine, tout un pan de ma personnalité qui me semblait exotique, sachant que par ailleurs je ne me suis jamais fait la plus petite idée de ce que je peux être, à l'exception de quelqu'un d'à peu près normal, me semble-t-il, peut-être légèrement plus stressé que la moyenne. J'étais justement, selon Christine, un homme calme, posé, aimant la vie, comme quoi, avec les autres, ai-je pensé, on fait souvent face et on peut finir par passer pour une personne légèrement différente, moins démoralisante en tout cas que si elle était observée par un trou de serrure. Il est vrai que je m'étais montré présent auprès de Christine, et c'est peut-être cette présence qui lui avait monté à la tête, grâce à quoi elle avait construit une vision mentale de ce qu'un autre homme que Georges pouvait lui apporter, plutôt un autre que moi, également, qu'elle avait peut-être rencontré à l'heure qu'il était. J'ai quand même interrompu Georges, je lui ai dit qu'après que Christine en avait rajouté pour le tester ou pour mieux le quitter il en rajoutait à son tour, et que je me sentais de moins en moins concerné par leurs deux discours. J'avais du reste, en quelque sorte, oublié Christine, et le fait qu'elle s'était séparée de Georges, sachant que d'après lui j'y étais pour quelque chose, était en train de m'arranger. Christine nous quittait, en somme, et ça n'était peut-être pas plus mal. Les gens parfois s'éloignent, ai-je pensé, les hommes et les femmes se rencontrent, font l'amour ou non et disparaissent, du plus intime de leur chair ils s'approchent puis s'évanouissent comme des fantômes, et ce qui m'arrange ici, ai-je pensé aussi, est en fait ce qui nous accable tous, l'éloignement de nos vies dans le temps qui nous reste. Et alors dans les meilleurs des cas nous nous contentons de leurs traces, me suis-je dit, voilà ce qui nous accompagne. Je ne t'accuse de rien, a dit Georges, je te répète ce qu'elle m'a dit, je préfère t'en parler. D'accord, ai-je dit. Et maintenant ? Je ne sais pas, a dit Georges, qu'est-ce que tu en penses ? De quoi ? ai-je dit. Est-ce qu'elle va revenir ? a dit Georges. C'est très possible, lui ai-je répondu, je ne peux évidemment pas te le promettre mais c'est possible. Le mieux, quand même, ai-je ajouté, ce serait peut-être que tu ne l'envisages pas. Je peux te poser une question ? Évidemment, a dit Georges, comme si toute question de ma part désormais pouvait recouvrir une réponse que j'allais précisément lui apporter. Tu l'aimais ? lui ai-je demandé. Ah, a dit Georges. Tu crois que. Non, ai-je dit, je ne crois rien, j'essaie de voir où tu en es. Exactement nulle part, a soudain déclaré Georges avec lassitude, je ne sais même plus ce que j'ai vécu avec elle. Je suis désorienté. Ça doit vouloir dire quelque chose. Sûrement, ai-je dit. Ça veut peut-être même dire que ça va s'arranger pour toi. Je ne sais pas, a dit Georges, en tout cas je ne supporte plus Gambetta, le cimetière me sort par les yeux, même les arbres en feuilles, c'est sinistre. Je n'ose plus aller à la fenêtre. Pourtant, ai-je dit, et j'ai repensé à l'appartement de Georges, que je n'avais jamais vu mais dont il m'avait parlé, et qui donnait sur le cimetière du Père-Lachaise, et comment Georges le trouvait formidable, avec ce calme, cet espace en face, pourtant, tu l'aimais, cet appartement. On l'avait pris ensemble, a dit Georges, et maintenant. Vous aviez tous les deux décidé de vous installer face à un cimetière, ai-je observé, un peu pour changer de sujet. Qu'est-ce que tu veux dire ? a fait Georges. Peut-être précisément que vous vous aimiez très fort, ai-je hasardé, et qu'alors je comprends mieux ce que tu ressens, finalement. En revanche, ai-je ajouté, je n'ai jamais bien compris pourquoi vous aviez tant besoin d'aller voir ailleurs. Et toi ? a dit Georges. Une seule femme me suffit, ai-je dit. Mais tu n'en as pas, a dit Georges, ou je me trompe ? Pas vraiment en ce moment, ai-je dit. Je te parle d'une potentialité. Je ne comprends pas comment tu fais, a dit Georges. Elles sont tellement mystérieuses.

Je l'ai regardé. Georges était toujours séduisant, avec quelque chose d'enfantin et d'incorrigible dans le visage. Par chance et par ailleurs, il vieillissait peu, il s'entretenait, je croyais me souvenir qu'il courait tous les matins très tôt au Père-Lachaise, mais j'avais peut-être mal compris quand il nous en avait parlé, il courait peut-être *autour* du Père-Lachaise, en tout cas il avait de la vigueur, beaucoup, un jour à Malte je l'avais vu déplacer sans peine un poêle en fonte qui ne nous servait évidemment à rien et qui nous encombrait. Ce que je me demande, a-t-il repris sans croiser mon regard, c'est si j'essaie de la rappeler. Tu en penses quoi ? J'en pense que tu devrais d'abord savoir ce que tu en penses toi, ai-je dit, et donc, peut-être, en attendant, si tu n'en sais rien, continuer à te le demander. Le problème, c'est que le temps passe, a dit Georges. Et que du coup tout évolue. D'un côté je la regrette, de l'autre je m'habitue à la regretter. Christine est peut-être en train d'occuper le vide qu'elle a laissé en moi, de le remplir à distance, et la forme qu'elle prend dans ce vide est complètement imprévisible, a-t-il ajouté, je ne maîtrise rien de tout ça. Je comprends, ai-je dit, je crois que j'ai compris. Attends donc un peu de voir, parce que, quoi que tu fasses maintenant, j'ai l'impression que ce sera une connerie. Ça ne m'empêchera pas de la faire plus tard, a estimé Georges.

On n'avait pas beaucoup avancé. C'est peut-être pour ça que Georges a regardé sa montre. On y va ? a-t-il dit. J'ai dit d'accord et j'ai repoussé ma chaise. On s'est dirigés tous les deux vers la sortie en oubliant de payer, puis je m'en suis souvenu, j'ai dit à Georges merde, on s'en va sans payer, ah oui, a-t-il dit, c'est marrant, ça, et on s'est retournés tous les deux vers le serveur qui nous courait après sans crier, dans la salle où personne ne nous regardait parce qu'il n'y avait personne, le café était vide, ou bien il s'était vidé, je n'avais pas fait attention. Georges a insisté pour payer, j'ai insisté pour payer moi, de toute façon on était motivés tous les deux pour placer l'autre en position d'invité, mais on n'en est pas venus à se battre, on devait lui et moi estimer qu'il ne fallait pas non plus accorder trop d'importance à cette position que l'un voulait donner à l'autre, finalement on a partagé, c'était plus simple. Dehors, des taxis passaient, dont un libre, là encore on ne s'est pas battus, j'ai juste dit autoritairement à Georges vas-y, toi, j'ai envie de marcher un peu. Il est monté, après m'avoir donné une accolade sur le trottoir et précisé qu'il essaierait de passer le lendemain voir William. Je n'ai rien dit, j'ai hoché la tête, et j'ai attendu que le taxi démarre avant d'en guetter un autre.

Le soir même, ce qui fait qu'il existe des journées chargées, ai-je pensé, Agnès Demantelbau, comme tous les six mois à peu près depuis trois ans, m'attendait assise sur le pas de ma porte. Il était minuit et demi – en fait, j'avais marché longtemps avant de me décider à héler un taxi –, et, avant toute chose, je lui ai demandé quand, assise qu'elle était sur le pas de ma porte à pareille heure, elle s'y était installée et, lorsqu'elle m'a eu répondu vingt-deux heures, j'ai voulu savoir ce qui l'avait autorisée à penser que son attente, une fois de plus, ne serait pas vaine et que j'allais ce soir-là rentrer chez moi. Elle a dit qu'elle ne s'était pas posé la question, ce qui constituait en effet la meilleure réponse, à mon sens, à quoi tout de même elle a ajouté que je sortais peu, et, bien sûr, je l'ai fait entrer. Elle s'est immédiatement jetée dans mon canapé en adoptant une position de relâchement qui pouvait indiquer qu'elle allait très bientôt s'y endormir, les reins douloureux et la mine défaite, mais je l'ai quand même priée de me dire, avant qu'elle ne le fasse, pour quelle raison elle était là. Ça s'est mal passé avec Louis-Philippe, m'a-t-elle tout de suite répondu, et, bien que j'eusse prioritairement envie de me coucher, j'ai pris le temps de lui faire observer que je ne savais pas qui était Louis-Philippe, et qu'elle avait conservé cette agaçante manie d'appeler par leur prénom des gens que ses interlocuteurs ne connaissaient pas ou dont, tout en les connaissant de vue ou par ouï-dire, ils ne connaissaient pas le prénom. J'ai rencontré Louis-Philippe il y a six mois, juste après Jean-Paul, m'a alors expliqué Agnès Demantelbau, qui, ai-je constaté, avait pleuré sur le pas de ma porte et s'apprêtait à recommencer, et je suis allé dans la cuisine chercher le rouleau d'essuie-tout en lui disant que je l'écoutais, qu'elle pouvait continuer à parler. Je suis revenu avec le rouleau d'essuie-tout dont je lui ai tendu une feuille au milieu d'une phrase assez longue, entrecoupée de sanglots, où il était toujours question de sa rencontre avec Louis-Philippe, laquelle, tout brièvement qu'elle s'était déroulée, si je me référais à la phrase précédente, l'avait marquée suffisamment pour qu'avec le temps elle pût paraître avoir largement excédé le quart d'heure qu'elle avait duré. Rencontre violente, donc, mais riche, où Agnès Demantelbau avait, comme souvent, basculé en oubliant toute prudence, emportée par l'aiguisement d'un regard, la forme d'une main, le grain d'une voix. Un salaud, a-t-elle conclu, un beau salaud, pas si intéressant que ça, d'ailleurs, a-t-elle ajouté en jetant soudain un regard circulaire à la pièce comme si elle s'étonnait de s'y trouver, puis à moi, comme si elle s'étonnait de m'y trouver également, c'est vrai que c'est petit, chez toi, a-t-elle dit, je n'arrive pas à m'y faire. Je vais déménager, ai-je dit, je cherche quelque chose en ce moment, je te donnerai l'adresse quand j'aurai trouvé, tu auras un paillasson tout neuf pour m'attendre. Tu es gentil, m'a dit Agnès Demantelbau, dommage qu'il ne se soit jamais rien passé entre nous, je me dis ça, parfois, et elle a avancé une main vers la mienne, qui tenait toujours le rouleau d'essuie-tout. J'en ai détaché une deuxième feuille et je la lui ai tendue, elle aurait peut-être préféré prendre ma main mais elle a pris la feuille, dans laquelle elle s'est mouchée. Je n'ai jamais vraiment compris pourquoi, a-t-elle dit ensuite. Peut-être la différence de culture, ai-je dit. Tu crois ? a-t-elle dit. Je ne supporte pas Joe Dassin, ai-je dit. On peut parler d'autre chose ? a demandé Agnès Demantelbau. Je n'ai pas trop envie que tu installes de la distance avec moi, ce soir. Bien sûr, ai-je dit. On a toujours parlé d'autre chose. Parlons de Louis-Philippe, ai-je enchaîné, tu es venue pour ça. Plus la peine, a dit Agnès. C'est fini, Louis-Philippe.

Je lui ai demandé si elle avait dîné, par chance elle a éludé ma question d'un geste, et je lui ai donc proposé de dormir là, vu l'heure, je prendrais le canapé, évidemment. Je veux bien, a dit Agnès, mais je préférerais ne pas me coucher tout de suite. C'est que je travaille demain matin, moi, ai-je dit, je me lève à sept heures. On peut parler une demi-heure, peut-être, a dit Agnès. Raconte-moi comment tu vas depuis la dernière fois. Ça va, ai-je dit, et je me suis demandé si j'allais m'asseoir ou rester debout avec mon rouleau d'essuie-tout à la main, d'autant qu'Agnès ne pleurait plus. Il y avait un fauteuil en skaï en face du canapé, un fauteuil moche, en face d'un canapé pas cher, je m'y suis assis pour répondre aux questions d'Agnès parce que je me doutais bien qu'elle n'allait pas en rester là. Ça va comment ? m'a-t-elle en effet relancé. Difficile à dire, en fait, lui ai-je répondu. C'est surtout que je me vois vieillir, je ne sais pas si tu peux comprendre. Moi, je ne le vois pas, m'a dit aimablement Agnès. Et Hélène ? Ah, tu as connu Hélène ? ai-je dit. On a dîné ensemble, a dit Agnès. C'est fini depuis longtemps avec Hélène, ai-je dit, je ne me souviens pas de ce dîner. On s'est rencontrés dans le restaurant, s'est efforcée de me rappeler Agnès, c'est toi qui m'as aperçue dans le fond assise à une table avec Jean-Yves. Ah oui, ai-je dit, ça me revient, je ne me souvenais plus qu'il s'appelait Jean-Yves, comment veux-tu, c'était ce producteur de musique ? Il était manager, a corrigé Agnès, c'était mortel, ce dîner, j'ai fait la bêtise de vous proposer de vous installer à la table d'à côté et personne n'a rien dit de la soirée sauf Jean-Yves qui parlait dans le vide et dont j'ai cherché le regard sans jamais le trouver. C'était au début ou à la fin de votre relation ? ai-je demandé. Depuis quelque temps, a observé Agnès en se munissant d'une feuille d'essuie-tout, comme au cas où elle craquerait, je ne fais plus vraiment la différence. Tu choisis des hommes trop durs, ai-je dit, trop jeunes, avec des prénoms trop systématiquement composés. Je ne sais pas, a dit Agnès. J'en ai marre. Ça va aller, ai-je dit en me demandant si j'allais lui tapoter la main ou même la lui prendre, mais j'ai repensé à William, à Georges, à toutes ces histoires de mains touchées et non touchées et tout ça m'a paru soudain pesant, contraignant, avec des significations ingérables. Pourquoi ça s'est arrêté avec Hélène ? m'a demandé Agnès. Elle avait l'air bien. Elle était bien, ai-je dit, mais j'ai imaginé que ça continuait avec elle et qu'au bout de six mois je ne la désirais plus, ou alors c'était elle, j'ai entrevu un problème. Toi, a dit Agnès, c'est plutôt par prudence que tu pèches. Non, ai-je dit, ce n'est pas de la prudence, c'est de la flemme. Je suis à la recherche de simplicité. En fait, moi aussi, a dit Agnès. Tu devrais essayer de dormir, ai-je dit.

Mon idée, maintenant, c'était qu'elle se lève du canapé pour passer dans la salle de bains mais j'ai dû attendre. Je m'étais levé moi du fauteuil, pour l'encourager, en vain. Elle a quand même bâillé. Tu bâilles, ai-je dit, et moi aussi, ai-je ajouté en bâillant à mon tour. On peut déjeuner ou dîner ensemble un jour, si tu veux. Demain ? a dit Agnès en se levant du canapé. Non, pas demain, ai-je dit, j'ai un déjeuner de travail et le soir je vais voir un ami à l'hôpital, je vais être crevé, William, je t'en ai parlé ? Oui, a dit Agnès, c'est un de ces types que tu fréquentes peu et avec qui tu pars en vacances. Un grand maigre. Non, ai-je dit, celui-là, ça serait plutôt Paul. William, lui, est plutôt gros. Ah, a dit Agnès. Après-demain, alors ? Écoute, ai-je dit, on n'a qu'à s'appeler, je suis un peu bousculé en ce moment, mais appelle-moi, non ? Ou alors je m'installe ici quelques jours, a suggéré Agnès, comme ça si tu es là tu es là, et si tu n'es pas là c'est pas grave. Écoute, non, ai-je répété, ça va me gêner, je vais me sentir obligé de te parler tout le temps, et toi aussi, tu vas me parler, tu vas pleurer, je vais finir par te consoler, dans l'état où tu es en ce moment tu es capable de te laisser faire et ni toi ni moi ne voulons de ça au fond. On ne se touchera pas, a dit Agnès en s'approchant de moi et en m'embrassant sur la bouche avec violence. Nos dents se sont entrechoquées. Tu vois, ai-je dit en me dérobant, si tu t'installes ici tu imagines. Excuse-moi, a dit Agnès. Je ne te désire pas, en fait. Je sais, ai-je dit. N'empêche. Allons plutôt dormir.

Agnès s'est enfermée dans la salle de bains, j'ai sorti une couette d'un placard et je l'ai posée sur le canapé. J'ai entendu le bruit de la douche et mon téléphone a sonné. C'est Paul, m'a dit Paul, dont le nom s'était inscrit sur l'écran. Je ne t'appelle pas trop tard ? J'ai essayé de joindre Georges avant toi mais ça ne répond pas. Tu es passé voir William ? Oui, ai-je dit. Tu l'as trouvé comment ? a demandé Paul. Je ne sais pas, ai-je dit, il a des tuyaux dans le nez et il dort beaucoup. Bon, a dit Paul, dont je trouvais la voix hésitante, j'essaierai de passer le voir demain. Ça va, Paul ? ai-je dit. Très bien, a-t-il dit. Je te laisse, là. On se voit demain. D'accord, ai-je dit.

D'autres bruits d'ablutions me sont parvenus de la salle de bains. Je me suis représenté Agnès nue, sans trop de mal, du reste, je l'avais rencontrée nue sur une plage, douze ans plus tôt, où elle m'avait demandé du feu. J'étais évidemment habillé, avec des poches, ce qui l'avait autorisée à une telle démarche. Elle était allongée sur le dos, seule, dans une anse minuscule, entre deux rochers, et, de mon côté, je progressais sur d'autres rochers, également seul, en pantalon et espadrilles, en tentant de me persuader que l'air, ici, en Bretagne, était vivifiant et l'exercice auquel je me livrais nécessaire, notamment sur le plan cardiaque. En sautant d'un de ces rochers, j'ai atterri dans l'anse. Son mat de ma réception au sol, sur le sable mouillé, puis réaction d'Agnès, plus haut, sur le sable sec, qui a levé un œil de son livre mais qui, aussi bien, aurait pu ne pas réagir, ou même, selon moi, au moment où je me recevais sur le sable, n'aurait pas dû réagir, afin éventuellement que je ne la voie pas, or elle s'en fichait, ou même elle n'était pas contre qu'un homme la voie, en tout état de cause elle m'a dit bonjour. Je lui ai répondu bonjour, légèrement troublé qu'une femme me saluât, qui fût soudainement nue dans mon champ visuel, et Agnès Demantelbau m'a demandé si j'avais du feu. Je n'en avais pas. Je ne fumais plus, à l'époque. Désolé, ai-je dit, quoique, par gêne, je me fusse mis à fouiller mes poches. Pas grave, m'a dit Agnès Demantelbau, avec un sourire large et dont j'ai appris plus tard qu'il s'agissait là d'une de ses expressions favorites, je ne fumerai pas, c'est pas grave. À partir de là, j'ai hésité, poursuivre mon chemin ou répondre à son invitation, non pas à m'asseoir près d'elle, sans doute, mais, du moins, à m'exprimer à propos de sa remarque, qui m'avait paru ouverte, et, le temps de cette hésitation, un autre homme a surgi, du même rocher que le mien, ou peut-être d'un rocher un peu plus haut, d'où il s'est reçu pareillement sur le sable, quoique peut-être avec plus de souplesse. Il était plus jeune, aussi, et portait un bermuda et pas d'espadrilles, il était pieds nus, et je me suis tourné vers lui, à cause du bruit, puis tout de suite vers Agnès, qui, en toute logique, aurait dû lui demander s'il avait du feu. J'ai constaté qu'elle ne le faisait pas, ce que j'ai mis plus tard sur le compte d'une sorte de politesse à mon égard, mais que sur le moment j'ai mis au crédit de la séduction que j'opérais à mon insu sur elle, et, voyant donc qu'elle n'interpellait pas le nouveau venu, ni ne le saluait, j'ai vu le momentoù cet homme qui allait passer son chemin, notamment parce que j'étais là et qu'il ne s'autorisait peut-être pas en ma présence à aborder Agnès, emporterait avec lui l'espoir, du côté d'Agnès, qu'il ait pu avoir sur lui un briquet. Et, interrogeant ma position, qui était un peu aussi celle du départ, je l'ai légèrement rectifiée, adoptant celle d'un homme qui, bien qu'habillé, pouvait partager avec cette femme un tout petit peu plus que l'étroit territoire délimité par les rochers où nous nous trouvions, et je me suis dirigé vers lui pour lui demander s'il avait du feu. La petite histoire veut qu'il n'en avait pas non plus. Je l'ai remercié, il a poursuivi son chemin en se retournant discrètement pour voir ce qui allait se passer, comme s'il avait eu le vague sentiment de s'être fait avoir, mais il n'a vu que le début de ce qui s'est passé, moi marchant vers Agnès, donc. Il a disparu, et j'ai encore dit à Agnès, à qui j'avais laissé le temps de ceindre sommairement une chemise autour de sa taille et devant laquelle je me tenais, maintenant, debout face à elle assise, que j'étais désolé, que cet homme qui venait de passer n'avait pas de feu. J'ignorais ce qu'elle pensait de ma démarche, être allé solliciter cet homme et venir à présent lui faire mon rapport à elle, mais je venais aussi de m'apercevoir que, pour des raisons indépendantes de ma volonté comme de la sienne, il serait vain pour moi d'envisager avec elle une relation physique qui pût dépasser le stade de l'épisode. Il en va ainsi, ai-je pensé, de nos pauvres désirs, et en particulier des miens, qui ne résistent pas à certaine modélisation de leur objet, mais il est inutile de lutter contre, du moins quand on connaît la suite, et je la connaissais, je me connaissais, en tout cas dans ce domaine. Au reste, Agnès Demantelbau était charmante, jolie, présentait des lignes agréables, qui semblait également, au fond de son sourire, héberger quelque sympathique désespoir, et, maintenant que j'étais là, bien que j'eusse pris la ferme décision de ne rien faire pour qu'elle pût interpréter ma conduite comme autre chose qu'un mouvement de civilité, j'eusse volontiers échangé quelques mots avec elle pour peu qu'elle m'y eût invité. Et le fait est que nous avons parlé. Assez longtemps, du reste, pour que l'envie de fumer qu'avait manifestée Agnès pût lui devenir pénible. Laquelle envie ne le devint pas, apparemment, mais au service de quoi, de temps à autre, j'avais entrepris de guetter, des rochers qui nous surplombaient, quelque nouvel atterrissage. Quand Agnès m'eut raconté sa vie, sans fumer, et que je lui eus résumé vaguement la mienne, et après qu'elle eut un peu trop commenté notre différence d'âge, nous avons décidé de nous quitter pour nous revoir, mais pas trop vite, car elle avait bel et bien l'intention de poursuivre son séjour ici seule, et d'y rencontrer quelqu'un, quand, de mon côté, je rentrais le surlendemain à Paris, où elle vivait aussi plus ou moins bien. J'avais posé l'hypothèse, à l'époque, qu'elle n'avait rien tenté dans ma direction parce que je n'avais rien tenté dans la sienne, mais aussi bien, dans la situation complexe où elle se débattait avec les hommes, elle avait pu voir en moi un potentiel confident, dont l'avenir en tout cas avait prouvé l'utilité. Aujourd'hui, elle m'aimait bien, je l'aimais bien, j'eusse juste souhaité qu'elle fût plus heureuse, et pour commencer moins systématiquement en larmes. Quand elle est sortie de la salle de bains, je m'étais endormi dans le canapé et j'ai été réveillé par le claquement du pêne à vide, qui s'est libéré avec un temps de retard. Agnès m'a dit gentiment bon, je vais me coucher et elle a pris la direction de la chambre. Je l'ai trouvée respectueuse de ma fatigue et presque neuve dans mon peignoir, différente en tout cas du souvenir que je venais d'évoquer de cette plage de Bretagne, et même de l'image que j'avais eue d'elle sur le palier, cette fois-ci et les autres. Un peu comme si son passage dans la salle de bains l'avait défaite de son ancienne peau et qu'elle eût pris, outre un teint d'une surprenante fraîcheur, la résolution de ne plus rien attendre de moi. Aussi bien je me suis dit qu'elle aurait pu sortir de l'appartement, là, maintenant, car elle avait eu l'air de quelqu'un qui part, sauf qu'elle avait simplement changé de pièce. Et je me suis demandé si, à l'inverse, il n'y avait pas là plutôt, dans son comportement, un indice de conjugalité.

Ça ne m'a pas empêché de retrouver le sommeil. Le lendemain matin, quand j'ai été prêt, j'ai entrebâillé la porte de la chambre pour vérifier qu'elle dormait, je lui ai laissé un mot près de la cafetière où je lui disais de tirer la porte derrière elle en partant et je suis sorti. Je suis allé au bureau à pied en passant sous les trois ponts de la rue de Vouillé, là où elle se transforme en rue d'Alésia, puisque j'habitais encore rue Alphonse-Bertillon, à l'époque. J'aimais bien passer sous ces trois ponts, qui sont luxueusement rapprochés, sur une petite centaine de mètres, avec cette longue plongée dans l'ombre sous le premier, l'émergence au jour avant le deuxième, où s'insère comme un refuge la station du bus 62, puis la replongée sous le deuxième, moins ombreuse, enfin la réémergence au jour avant le troisième qui n'est en fait qu'une passerelle, on remonte maintenant la rue d'Alésia, qui vient de naître en somme dans cette hésitation de la lumière. J'ai peut-être un rapport spécial avec les ponts, ai-je songé en repensant à l'appartement au bord de la Seine, avec le dessus et le dessous des ponts, ou bien je les aime, donc, ou bien ils me poursuivent, ou encore ça ne veut rien dire, et je me suis demandé si, au cas où ça ne voudrait rien dire, il me fallait trouver quelque part ailleurs dans ma vie une ligne de sens, une sorte de trajectoire, ou de tracé. Or je n'en voyais pas, la seule orientation qui me venait à l'esprit était celle du temps, et je n'y étais pour rien, personne n'y est pour rien, me suis-je dit, le temps avance, toujours un peu en avant de nous, il nous tire par la main comme des enfants qui rechignent mais qui ne connaissent pas le trajet, il nous accompagne en silence, il ne dit rien parce qu'il ne veut rien dire, lui non plus, c'est un grand muet qui marche et que nous suivons de force, et qui ne nous éduque pas, qui ne nous apprend rien. J'ai quitté la rue d'Alésia sur ma gauche et plus tard je me suis engagé dans l'avenue du Maine. Quand je suis arrivé en vue de la tour Montparnasse, tout ça ne m'avait pris qu'une demi-heure de marche mais une demi-heure tout de même, c'était ma seule activité physique, j'avais abandonné le tennis depuis le départ de mon partenaire en province, deux ans plus tôt. Un certain Jacques Andémieux qui travaillait dans la chaussure, comme mon oncle de Brive, qui travaillait lui dans la botte en caoutchouc basse, je vais y revenir tout de suite, Andémieux était parti parce qu'il avait pris sa retraite au contraire de mon oncle de Brive, mort vingt ans plus tôt d'un arrêt cardiaque en plein essor commercial et qui, sans enfants, m'avait légué ce qui lui restait de capital. De sorte que je m'étais intéressé, après cet héritage, par curiosité, aux vraies raisons de son succès dans la botte en caoutchouc basse, dont il ne s'était jamais ouvert à moi à l'occasion des visites annuelles que je lui rendais. On parlait de littérature, essentiellement, car mon oncle de Brive était un grand lecteur, qui portait par ailleurs une barbe étonnamment longue, qu'il taillait en pointe. En vérité, j'ignore tout de mon histoire familiale au-delà de mon père et de ma mère, avec qui je n'ai jamais abordé ces questions, faute de curiosité, précisément, n'ayant guère tablé sur le passé pour essayer de comprendre quelque chose à ma vie, et mon oncle de Brive était comme une trace isolée de mes origines, mais une trace au-delà de laquelle, également, je n'étais jamais remonté, car, si j'avais été parfois tenté de le faire, par fascination pour lui, mon oncle avait balayé l'embryon de mes questions d'un geste en me citant Proust ou Dostoïevski, mes seules vraies racines, avait-il dit, en quoi d'ailleurs je l'avais rejoint sans peine, conscient de ce que je devais de survie à la lecture des classiques. Il m'était revenu toutefois, à propos de son succès dans la botte en caoutchouc, que, bien qu'il n'eût jamais fait le lien de l'un à l'autre, un de ses thèmes de conversation favoris était celui de la peur et de l'audace, et c'est moi qui, après l'héritage, avait fait le lien avec son succès dans la botte en caoutchouc basse, imaginant en effet, pour avoir chaussé à l'occasion moi-même cette sorte de botte, la disposition d'esprit dans laquelle l'abondante clientèle de mon oncle devait se trouver en la chaussant, confrontée qu'elle était forcément au risque, en empruntant des chemins boueux, voire marécageux, d'y faire entrer de l'eau ou de la boue. Risque calculé, donc, mais passablement excitant, où la peur s'effaçait au profit de l'élégance, sachant que la botte en caoutchouc basse, et en particulier celle de mon oncle de Brive, dépasse largement dans ce domaine la botte haute, plus que discutable en matière d'élégance, et dans le choix de laquelle se réfugient essentiellement les pêcheurs et d'une façon générale les inélégants et les craintifs. J'avais d'ailleurs moi-même vérifié, en chaussant un des plus beaux modèles de mon oncle, que, la plupart du temps, la botte en caoutchouc basse se révèle tout aussi efficace que la haute, l'eau ou la boue n'affleurant dans le pire des cas que le haut de la basse là où le haut de la haute resterait, lui, inutilement à sec. Mon oncle évidemment touchait une clientèle audacieuse et soucieuse de son apparence, mais il était parvenu à étendre cette clientèle, ou encore à la trouver, et c'était là qu'avait résidé son talent, ainsi que, en partie, ma quiétude financière. En tout cas je pouvais envisager, en puisant un temps dans mes économies, de payer le loyer *attractif* de l'avenue de Versailles en attendant d'acheter un appartement plus modeste du côté de la gare du Nord, par exemple, ou franchement étroit à proximité de mon bureau, quoique je fusse à cinq ans de la retraite, mais j'étais attaché au quartier de mon bureau. Quoi qu'il en soit, je m'en apercevais maintenant, j'étais aimanté par l'avenue de Versailles, ou encore il me semblait, pour dire les choses autrement, que je devais en passer par là, par le bord de Seine, voire par le bord de la voie rapide, que j'avais détestée dès son aménagement par les soins de Georges Pompidou, dans les années soixante, pour avoir précisément défiguré les bords de Seine, mais qui, j'ignore pour quelle troublante raison, m'avait attiré autant qu'elle m'avait repoussé lors de la visite de l'appartement. Peut-être parce que là, me suis-je dit, ça passe et que rien jamais ne s'arrête, que quelque chose persiste à quoi nul ne peut mettre un frein, et que j'ai provisoirement besoin d'une telle vision, de toute façon on verra bien si je tiens, me suis-je dit, et j'ai compris que, probablement dans la journée, j'allais rappeler Joukov, l'agent immobilier, pour revoir l'appartement. J'hésitais à y aller seul, toutefois. Et, vers dix heures quarante-cinq, avant d'appeler Joukov, j'ai appelé Georges.

Pourquoi Georges, me suis-je dit quand je l'ai eu appelé vers dix heures quarante-cinq, et d'ailleurs pourquoi qui que ce soit, je devrais y aller seul, ce n'est évidemment pas Georges ni personne qui peut me conseiller sur la question d'un appartement au bord de la voie rapide, même avec la Seine devant, avec la statue de la Liberté, en plus, me suis-je souvenu, qui avait été d'abord le vrai problème, et à quoi je repensais pour me rassurer et occulter le problème de la voie rapide, encore que la statue de la Liberté reste un vrai problème, ai-je pensé, et je doute que Georges puisse avoir là-dessus une opinion définitive, qui a vécu des années au bord d'un cimetière, me suis-je dit, et dont la sensibilité diffère évidemment de la mienne, notamment en amour, me suis-je dit encore. Quoique ça n'ait pas de rapport, ai-je conclu, et de toute façon c'est fait, je viens de l'appeler. Je lui avais parlé de l'appartement, sans en dire trop, et lui avais demandé s'il avait la possibilité de le voir avec moi à l'heure du déjeuner. Je n'avais pas de déjeuner de travail, j'avais menti à Agnès. Georges pouvait se libérer, donc, je lui avais simplement dit que j'appelais l'agent immobilier avant de le rappeler, lui, pour confirmer. J'aurais évidemment dû faire l'inverse, mais j'avais eu absolument le besoin de me rassurer d'abord en sachant que je ne verrais pas l'appartement seul. J'ai appelé Joukov sur son portable, et je suis tombé sur le répondeur. J'ai appelé ensuite l'agence et j'ai eu quelqu'un qui m'a dit que Joukov était malade et qui, sans me laisser le temps de lui demander ce qu'avait Joukov, m'a prié de patienter quelques secondes. Sam ? ai-je entendu. Est-ce que tu peux te libérer pour l'avenue de Versailles ? S'est ensuivi un silence, puis la voix est revenue : Vous voulez le voir quand ? Si c'était possible à treize heures, ai-je dit. Attendez, a dit la voix, qui est revenue en me proposant treize heures quinze. D'accord, ai-je dit, et j'ai rappelé Georges.

Je me suis retrouvé à attendre Georges sur le trottoir devant l'appartement de l'avenue de Versailles, donc, dans ce paysage urbain complètement déséquilibré par l'imposante Maison de la Radio, face à laquelle, du reste, à l'angle des rues Boulainvilliers et Gros, qui convergent vers la place Clément-Ader, où tout fiche le camp dans une orgie de ciel à laquelle s'invitent les tours dépareillées du front de Seine, j'avais directement vue sur un restaurant en forme de bunker, et décidément ce coin de Paris me semblait, comment dire, au bord du chaos ou de l'indécision, voilà, ce quartier me semblait instable, où Georges est arrivé avec dix minutes de retard, cinq minutes après Sam, qui en avait cinq, elle, une femme, par conséquent, une femme magnifique, du reste, comme il en existe quelques centaines en cherchant bien sur la rive gauche et même sur la droite, longues jambes, ovale parfait, grands yeux, singularité en prime dans l'ossature du visage, singularité également dans l'expression, quelque chose du côté de la bouche et même du regard, filtrant mais pas à l'excès, intéressant, en somme, voire captivant, et alors elle m'avait serré la main cinq minutes avant que Georges n'arrive, elle m'avait reconnu pour ce que j'étais, un homme qui attend un agent immobilier, mais je ne l'avais pas reconnue moi, évidemment, qui attendais un agent immobilier, et j'avais eu largement le temps de lui expliquer que j'attendais également un ami qui était en retard, désolé, avais-je dit, déjà que. Déjà que quoi ? avait-elle dit dans un sourire discutable, conçu pour enjôler, mais de l'ordre du réflexe, m'avait-il semblé, elle avait visiblement l'instinct de séduire, qu'elle négligeait de maîtriser, et je n'avais pas su quoi répondre, car, si j'avais osé terminer ma phrase, ç'aurait donné déjà que vous, vous êtes en retard, ce qui n'aurait pas eu de rapport avec le retard de Georges, non plus qu'avec ma volonté de m'excuser. Bref, j'avais bafouillé, rien, avais-je dit, je suis désolé, c'est tout, et j'avais soutenu son regard, filtrant, donc, elle ne me fera pas baisser les yeux, avais-je décidé. Là-dessus, nous avions dû attendre Georges, dont je ne savais pas, bien sûr, qu'il n'allait arriver en retard que de cinq minutes, ni même s'il allait vraiment venir, j'avais commencé à me méfier de lui, en vérité, on se rappelle que je le connaissais mal, et alors, Sam et moi, nous avions entrepris de durer un peu ensemble, avec ce qu'il fallait de dialogues et de silences, pas loin d'une vie commune, en quelque sorte, ramassée en moins de cinq minutes sur ce bout de trottoir, incluant la découverte de l'autre et jusqu'à un commencement de lassitude. Nous avions naturellement parlé d'immobilier, au départ, et je lui avais demandé des nouvelles de Joukov, qui avait contracté un virus, un sale truc qu'il aurait attrapé en sauçant un fond de veau, avait-elle dit avec une gravité surprenante, porteuse d'un effet de contraste détonant, et nous en étions à l'évocation de la campagne, en avions-nous besoin, nous autres, citadins endurcis, misère, pensais-je, nous en sommes là, déjà, elle et moi, quand Georges est arrivé, dont j'ai constaté que Sam était loin de le laisser indifférent, qui venait de lui faire, apparemment, manquer l'arête du trottoir. Il avait, en effet, en provenance du restaurant en forme de bunker, le long de quoi je l'avais aperçu, pressant le pas, traversé la place Clément-Ader en diagonale, en dépit de toute prudence, sans doute conscient de son retard mais également de la présence à mes côtés de Sam, dont il découvrait mieux, maintenant, après avoir évité de justesse de chuter sous son regard filtrant, la plastique implacable. Il lui a tendu la main sans solliciter la mienne, a dit désolé pour le retard, puis alors c'est là ? en s'efforçant de jeter sur l'immeuble un coup d'œil critique, et est revenu vers elle, qui ne le regardait plus. On y va ? a-t-elle dit et nous l'avons suivie, découvrant l'un et l'autre sa démarche dansante, l'oscillation de ses lignes qui me semblait une mauvaise chose ce jour-là, j'eusse préféré un guide plus neutre, de façon que Georges et moi puissions nous forger un véritable avis sur l'appartement, et non pas, en lieu et place de cet avis, l'impression que Sam, maintenant, en occupait tout l'espace, faisait oublier la voie rapide, étouffait les bruits et sous-dimensionnait sa rivale en statuaire du milieu du fleuve. Au gré de ses déplacements, elle brouillait nos appréciations, anéantissait toute appréhension sensée de la surface habitable, ouvrait les fenêtres comme si elle allait s'y envoler. Alors, a-t-elle dit en se plantant au milieu de l'unique pièce, sculptée par la lumière de midi, qu'est-ce que vous en pensez ? Je ne sais pas ai-je dit, je vais réfléchir, et je n'ai pas regardé Georges. J'espérais simplement qu'il avait vu un peu l'appartement. Je le sentais silencieux, presque absent à mes côtés. Puis je l'ai entendu demander à Sam ce qu'il en était des charges. Je l'ai regardé, cette fois, avec gratitude. Sam a répondu sur les charges, qui nous ont paru élevées. Sur quoi Georges a demandé ce qu'il en était du chauffage, qui s'est révélé collectif. J'ai commencé à comprendre que Georges se remettait lentement de ses émotions et qu'il venait, avec Sam, de trouver un sujet de conversation. Ça m'a paru trivial. Même duplicable à quelques centaines d'exemplaires, Sam méritait mieux que ça. Surtout, Georges parvenait à la banaliser, ce qui me désolait, même pour lui. La conversation que j'avais eue avec elle en l'attendant avait été également banale, certes, mais Georges mêlait visiblement à ses questions, formulées d'un ton doucereux, une préméditation plus banale encore, qui achevait de faire descendre Sam de son socle. Elle avait beau s'être contentée de répondre et de faire son métier, elle avait répondu, et à mes yeux c'en était à peu près fini d'elle, qui ne pouvait pas ne pas avoir pris conscience de la préméditation de Georges et qui, louvoyant pour s'y soustraire, voire pour s'y soumettre, venait d'adopter une pose certes professionnelle, mais dévalorisante. Ça ne collait plus. J'ignorais ce que Georges en pensait maintenant, si sa pâle entreprise de séduction venait également de lui faire comprendre qu'il n'avait plus la même femme en face de lui, qu'il venait de la faire chuter, elle, qu'il l'avait rendue ordinaire et qu'il allait au-devant d'une déception, toujours est-il que, de fait, comme par désenchantement, Sam a tôt fait de disparaître quand elle nous a eu raccompagnés au-dehors. Je suis resté seul avec Georges et avec mes doutes sur l'appartement, et, quand je l'ai sollicité à ce sujet, je l'ai senti encore encombré de l'impression que lui avait laissée non l'appartement, mais l'agent immobilier, et j'ai décidé de crever d'abord l'abcès. Il m'a semblé qu'elle te plaisait, ai-je dit, ou je me trompe ? Et à toi ? a dit Georges, comme s'il jugeait ma question trop étroite, inapte à traduire l'universalité de l'impact que Sam pouvait exercer sur les hommes. Elle est superbe, ai-je dit, je ne sais pas comment elle rend en tête à tête autour d'une boisson, mais elle est superbe. Elle a quand même un regard, a dit Georges. Je n'ai jamais dit le contraire, ai-je protesté. Et l'appartement ? Écoute, a dit Georges, il faudrait le revoir sans elle. Ou même avec elle, a-t-il ajouté, justement, pour s'habituer. Qu'est-ce que tu penses du bruit ? ai-je dit. Je vis au-dessus d'un cimetière, a rappelé Georges. Quand même, ai-je dit, tu n'as pas toujours vécu au-dessus d'un cimetière. Tu penses que je suis fou ? Non, a dit Georges, la Seine est bien, il y a ces doubles vitrages, et si tu ne t'en approches pas trop tu ne vois pas les voitures. À moins d'un mètre cinquante, il m'a semblé. Ce qu'il faut que tu calcules, c'est l'endroit où tu mets ton canapé et donc celui d'où tu te lèves et où tu te rends quand tu vas t'y asseoir. Pas trop loin des fenêtres non plus, pour la lumière. Je te remercie, ai-je dit. Est-ce que tu ferais le tour de l'immeuble avec moi ? Je voudrais voir ce que ça donne de l'autre côté. Cinq minutes, alors, a dit Georges en regardant sa montre.

On a contourné l'immeuble par la droite, en prenant à gauche, après le concessionnaire Midas qui lui est accolé, dans une rue très courte qui n'est autre, pour ceux que ce genre de curiosité intéresse, que la rue Eugène-Poubelle. Évidemment nous étions, Georges et moi, étonnés de la découvrir là, je veux dire que nous étions étonnés de tomber, comme ça, sur la rue Eugène-Poubelle. Le fait est que nous l'avons suivie jusqu'à la voie Georges-Pompidou, à quoi elle aboutit, après qu'elle fait l'angle avec le quai Louis-Blériot, un autre aviateur du quartier. Nous sommes arrivés très vite, donc, au bord de la voie, qui passe au ras de l'immeuble à gauche. Nous surplombions cette voie. Nous l'avons contemplée, avec son lot de véhicules furieux, qui à cette heure, du reste, ne se succédaient pas systématiquement. Nous avons enregistré des trous. Plus loin, sur la droite, un parallélépipède vitré flottait au bord de la voie, où se lisait l'inscription Les Glénans aux côtés d'une bouée rouge. Je me suis intéressé surtout à ce qui se passait sur notre gauche. Un bref escalier descendait vers une langue de pelouse pelée, coincée entre l'immeuble et la voie rapide, semée de détritus, où court un étroit sentier qui ne mène nulle part. Nous avons pris l'escalier et poussé jusqu'au bout de la langue, qui s'achève en pointe, donc, le long de l'immeuble d'un côté et de la voie rapide de l'autre. C'est-à-dire qu'on peut continuer à pied après le bout de cette langue, en longeant l'immeuble sur le bitume jusqu'au pont de Grenelle sous lequel, si l'on poursuit son chemin, l'on passe. La voie se divise ici en deux, heureusement, l'embranchement de gauche est peu emprunté, qui mène à une station-service. Nous sommes, Georges et moi, allés voir cette station-service en passant sous le pont par l'embranchement. Nous nous sommes écartés pour laisser passer une voiture. Puis nous sommes revenus vers la langue de pelouse, et j'ai levé le nez vers les fenêtres de l'immeuble. J'ai à peu près situé les miennes. En face, vers la Seine, nous avions la statue, dressée sur l'extrémité arrondie d'une île en forme de ligne droite qui vient mourir juste après le pont. Derrière la statue, sur la rive opposée, les tours dépareillées, dont une biseautée aux quatre coins, à son faîte et à sa base, comme si elle devait s'insérer dans quelque chose. Un bateau passait. Les voitures passaient. Après qu'on a eu repris l'escalier, j'ai demandé à Georges ce qu'il pensait de tout ça. Évidemment, c'est spécial, a-t-il dit, et son téléphone a sonné. On se trouvait au bout, donc, de la rue Eugène-Poubelle. Georges a consulté son écran et m'a dit c'est Paul, excuse-moi. Il a peu parlé. Nous remontions la rue assignée à ce préfet de la Seine avisé et dont les habitants peuvent, comme je l'ai constaté, omettre de préciser à leurs correspondants qu'ils résident au numéro deux, puisqu'il n'y en a pas d'autre. Georges se taisait toujours et maintenant me jetait des coups d'œil. Quand il a raccroché, après nous avoir situés au téléphone, nous émergions en pleine avenue de Versailles, et Georges m'a rapporté que Paul voulait nous voir. Il vient à l'hôpital ce soir, non ? ai-je dit. Il veut nous voir tout de suite, a dit Georges. Il a un problème avec Louise. Comment ça ? ai-je dit. Je n'en sais pas plus, a dit Georges. Il vient. Il nous appelle quand il est là.

J'ai regardé le café d'en face, celui qui, la première fois, m'était apparu comme un havre dans ce quartier confus. Allons toujours nous asseoir là, ai-je dit. On s'est assis là. On était tous les deux pressés. Georges finissait de boucler et j'avais de nouveau rendez-vous avec le système solaire. On a regardé nos montres. On a comparé nos heures. J'avançais. Je n'imagine pas qu'il puisse y avoir un problème avec Louise, ai-je dit. Elle est peut-être malade, a supposé Georges. Je n'y avais pas pensé, ai-je dit. Je me suis inquiété. Sur le plan médical, je n'avais pas très confiance en Paul. Nous avons attendu une demi-heure, Georges s'impatientait, il avait commandé un tartare normal. J'avais commandé à sa suite un tartare à l'indienne. Paul a appelé pour demander où on était précisément. Aux Ondes, ai-je soufflé à Georges. Quelques secondes plus tard, Paul s'est garé en double file devant le café. Il nous a vus, s'est dirigé vers notre table et nous a déclaré qu'il venait de quitter Louise. Là, tout de suite ? a demandé Georges avec étonnement. Tu ne viens pas de ton cabinet ? Si, a dit Paul. Je l'ai quittée par téléphone. Tu plaisantes, a dit Georges. Tu es cinglé, ai-je dit. Je ne suis pas venu pour écouter vos critiques, a dit Paul. Tu vas les entendre quand même, ai-je dit. Georges a posé sa main sur la mienne. Bon, ai-je dit.

Paul, en réalité, n'arrivait pas à parler. Il amorçait des phrases par je, puis par elle, mettait péniblement en place un verbe et en restait là. Georges lui a dit que nous n'avions pas trop le temps, ni lui ni moi, et j'ai ajouté qu'on devait se revoir ce soir à l'hôpital et que, s'il préférait, ça lui laissait le temps de trouver ses mots. Paul s'est débloqué. Je l'aime, a-t-il déclaré. Eh bien voilà, a rétorqué Georges au terme du bref silence qui s'est ensuivi, c'est déjà mieux. Elle aussi, a précisé Paul. Bon, suis-je intervenu, c'est quoi, ce mystère ? Elle me désire peu, a murmuré Paul en regardant nos assiettes vides. Nouveau silence. Elle ne me désire pas assez, a finalement précisé Paul, en ménageant encore un blanc que nous nous sommes d'abord gardés de remplir. C'est tout ? a quand même tenté Georges. Non, a dit Paul. Ça me détruit. Je n'y arrive pas. À quoi ? a dit Georges. Est-ce que tu pourrais faire des phrases plus longues ? À la quitter, a dit Paul. Ce que tu peux faire, dans ces conditions, suis-je intervenu derechef, c'est la rappeler. Non, a dit Paul. Impossible. Silence. Tu veux commander quelque chose ? a proposé Georges. Pas faim, a dit Paul, qui venait maintenant de supprimer les verbes. Il a pris un café. Nous aussi. Silence. Il faudrait qu'on y aille, a précisé ensuite Georges. Je peux vous déposer quelque part, a proposé Paul, qui ne savait pas où je travaillais. J'ignorais également si Georges savait où je travaillais. Paul savait seulement où travaillait Georges, comme moi. On savait où se trouvait le siège de son journal. Pas la peine, a répondu Georges à la question de Paul, qui supposait que Paul eût pris pas mal de temps pour nous véhiculer. Autant que tu retournes directement à ton cabinet. Pas très envie, a dit Paul. Comment ça ? a dit Georges. Pas très envie, a répété Paul. Je me suis de nouveau inquiété. Pour les patients de Paul, cette fois. C'est nous qui allons te raccompagner, ai-je déclaré. Ma consultation ne commence qu'à trois heures, a dit Paul. Oui, eh bien, on va te raccompagner avant, a déclaré solidairement Georges, on n'a pas que ça à faire, et j'ai appelé le serveur pour régler. En attendant le serveur, nous n'avons plus rien dit. Paul en particulier se taisait, de l'air du type qui préférerait finalement être ailleurs. Quand j'ai eu réglé, on s'est levés, Georges et moi, et on a attendu que Paul se lève.

Il regardait maintenant nos tasses à café vides. Allez, ai-je dit. Il s'est levé et on a marché jusqu'à la voiture. Ne me raccompagnez pas, a dit Paul. Si, a dit Georges. Non, a dit Paul. Ce que j'aurais aimé, avant de partir, quand même, je sais que ça n'est pas facile pour vous, c'est un vrai conseil. Il nous a regardés l'un après l'autre, et je pense que Georges, comme moi, l'a trouvé misérable. Il faut que tu fasses comme tu sens, a dit Georges. C'est notre vrai conseil, ai-je renchéri. Vous me faites chier, a dit Paul. De toute façon, on se voit ce soir, a dit Georges.

Paul s'est mis au volant. On l'a regardé partir. J'ai vraiment espéré qu'il se rende à son cabinet. J'ai l'impression que les vacances s'engagent mal, a observé Georges. Il s'est dirigé vers la station de taxis qui est là, devant le café, et je lui ai emboîté le pas. Tu ne t'es pas beaucoup exprimé sur l'appartement, ai-je dit. Il y avait un taxi libre, à la vitre duquel Georges s'est penché. Je vais à Réaumur, a-t-il déclaré au chauffeur. Et toi ? m'a-t-il demandé. Montparnasse, ai-je dit, avec la sensation de me dévoiler. (J'avais remarqué qu'il n'y a pas de métro à proximité.) Je vais prendre le suivant. On pourrait le prendre à deux, a dit Georges. Excuse-moi, ai-je dit, de quoi tu parles ? De l'appartement, a dit Georges en ouvrant la portière arrière.

J'ai réfléchi à ça ensuite. Je ne dirais pas que j'étais horrifié, mais je n'étais pas certain de pouvoir cohabiter avec Georges. En même temps, j'appréhendais un peu l'avenue de Versailles. Le problème était de savoir si Georges se révélerait rassurant. Il risquait surtout de se révéler invivable. N'importe quel homme, du reste. Je n'arrivais déjà pas à cohabiter avec une femme. C'est faux, ai-je pensé. Plusieurs fois trois ans, quelquefois cinq, une fois sept. Le temps, en définitive, avait passé vite. Émoussé l'agacement. Il l'aiguise, sans doute, ai-je pensé, quand il traîne, mais l'émousse dès qu'il file. C'est avec lui qu'on trompe ceux avec qui on le passe.

Je n'oubliais pas l'aspect symbolique. Je ne me voyais pas signer un bail avec Georges. Je ne voulais rien d'officiel avec lui. L'accueillir, éventuellement. Au demeurant, il avait peut-être lancé ça comme ça. Je me suis demandé s'il allait m'en reparler. J'avais connu des situations semblables. Des gens qui disent qu'ils viennent et qui ne viennent pas. Des avenirs sans avenir, esquissés dans des phrases. Je procédais à l'inverse. Ça pouvait devenir contraignant. D'autant que parfois les conditions changent. Il m'était arrivé, sur la base d'un engagement ancien, de débarquer dans une situation neuve. Je pense à la promesse, par exemple, de se rendre à une fête qui, au dernier moment, se révèle déguisée. Le problème n'est plus tant qu'il faille se déguiser que l'émergence de la conscience que vous vous êtes engagés auprès de gens qui se déguisent. Vous les connaissiez mal. Pas assez, à l'évidence. En un sens, c'est votre faute. Il est vrai qu'à l'époque j'étais jeune.

L'homme du système solaire s'était rasé la moustache. Il avait bien avancé dans son travail. Il était évident qu'il s'était rasé la moustache en raison de ses problèmes personnels. Il tournait visiblement une page. Toutefois, comme il arrivait aux confins de son corpus et qu'il se confrontait à la découverte récente, dans cette zone, d'immenses bulles magnétiques glacées, soustraites au champ magnétique de notre étoile, je me suis demandé si son changement de tête ne témoignait pas d'un besoin de se ressaisir plus large. Et s'il n'exerçait pas, au fond, un métier dangereux. Quant à moi, je suis resté froid. C'est toujours pareil, ai-je dit, on ne sait pas. Au contraire, a-t-il rétorqué, on avance. On ne cesse d'avancer. De toute façon, on se rapproche de l'origine. Je n'ai pas voulu le décourager. Il y avait bien longtemps que je savais qu'il était question d'une origine, dans notre histoire. Et qu'à mes yeux ça ne réglait rien. N'y en aurait-il pas eu que ça m'aurait gêné aussi. C'est toute la vie qui était gênante.

C'est à ce moment que Joubert est entré – ma porte est toujours ouverte, je l'ai dit. Ils ne se connaissaient pas, évidemment. Excuse-moi, a-t-il dit, je vous dérange. Attends que je te présente quand même, ai-je suggéré. Jean-François Joubert, qui s'occupe ici de manuels pratiques, ai-je enchaîné à l'adresse de mon interlocuteur. Régis Regmann, ai-je poursuivi, qui travaille sur l'espace. Enchanté, a dit Joubert en lui tendant sa main. De même, a fait Regmann. Je vous laisse travailler, a dit Joubert, je repasserai, et il a tourné les talons. Je venais de m'apercevoir qu'il tenait dans la main gauche un paquet d'épreuves. Bon, ai-je dit à Regmann, il faudrait vraiment arriver à la conclusion avant la fin de la semaine prochaine. Vous n'avez qu'à finir sur ces bulles. Regmann s'est lissé la lèvre supérieure, comme s'il cherchait à tirer le bilan de son rasage. Ça m'ennuie de conclure sur une découverte récente, a-t-il dit. J'aurais voulu quelque chose de plus affirmé. Peut-être des chiffres, alors, ai-je suggéré. Des distances, des surfaces, du temps. Vous mixez tout ça et vous dites qu'on est seuls. On n'est pas seuls, a dit Regmann. Ah oui ? ai-je dit.

On a parlé encore un peu et il en est ressorti qu'on n'était peut-être pas seuls, et même probablement pas, mais qu'ils étaient loin. Le problème était de savoir si ça revenait au même. Quand Regmann est parti, j'ai encore pas mal travaillé. Beaucoup d'ordinateur, de téléphones, de papiers dans des chemises, aussi. À dix-huit heures, je n'avais eu de nouvelles de personne depuis le déjeuner et, en quittant le bureau pour rejoindre l'hôpital, je me suis demandé où ils en étaient, tous : Georges, avec cette histoire de partager l'appartement, Paul, avec Louise, et

William, évidemment. Sans oublier Louise. Je ne pensais pas à Agnès, qui m'a appelé au moment où, comme je passais les portes en tourniquet pour atteindre le trottoir, Roberta Giraud s'est engouffrée derrière moi et m'a entouré la taille. J'ai sursauté, je ne me suis même pas retourné, j'ai dit arrête, Roberta, tout en cherchant à sortir du tourniquet avec elle, marchant à tout petits pas rapides et prenant dans ma poche le téléphone qui sonnait pour savoir si c'était important, tout de même, et donc j'ai vu que c'était Agnès et que, si ce n'était pas forcément important, ça pouvait l'être, je me méfiais, avec elle, et de toute façon ça m'arrangeait de répondre. Roberta m'avait lâché la taille, à ce stade, on était sortis du tourniquet, mais elle était là, sur le trottoir, face à moi, maintenant, elle me regardait, l'air d'attendre que je raccroche ou, pis encore, que je réponde, que j'aie la conversation que je devais avoir avec qui de droit, et que je la conclue, cette conversation, pour revenir vers elle, incroyable, me disais-je, cette Roberta Giraud. Allô, avais-je donc dit depuis un petit moment, oui, Agnès. Et j'écoutais Agnès, tout en prenant à présent la direction du métro pour rejoindre l'hôpital, accompagné de Roberta Giraud qui marchait à distance respectable, à mes côtés, tout de même, dans le caniveau, il est vrai, le trottoir étant ici trop étroit pour y cheminer à deux de front sans entrer un tout petit peu en tangence. Or Agnès me disait simplement qu'elle m'appelait comme ça, pour avoir des nouvelles, et alors je n'ai pas eu la rouerie de lui en donner, de lui dire ça va, ça ne va pas trop mal devant Roberta Giraud, qui marchait dans le caniveau, j'ai dit je te rappelle et j'ai raccroché, ce qui pouvait autoriser Roberta Giraud à penser que je raccrochais pour elle, alors que je raccrochais à cause d'elle, et je n'ai pas eu le courage de lui expliquer la différence, je lui ai dit seulement écoute, Roberta, je dois aller voir un ami à l'hôpital, je n'ai pas le temps. Aucune importance, a dit Roberta, je t'accompagne. J'ai dit non, Roberta, tu ne m'accompagnes pas, je vais voir cet ami seul, d'ailleurs tu ne le connais pas, il ne comprendrait pas, et Roberta a dit je voulais dire que je t'accompagnais jusqu'à l'hôpital, pas jusque dans l'hôpital, je ne suis pas idiote, et d'ailleurs ce n'est pas le fond du problème. Ah oui, ai-je dit, et c'est quoi le fond du problème ? Je suis enceinte, a déclaré Roberta Giraud. Évidemment, là, j'ai cessé de presser le pas, j'ai demandé à Roberta Giraud de répéter ou, plus exactement, de préciser, j'ai dit comment ça ? tout en pensant que ce n'était pas la meilleure question à poser, si Roberta Giraud me disait qu'elle était enceinte c'est qu'elle l'était, ou alors elle mentait, elle cherchait à me tester, mais elle semblait sérieuse et même, pour tout dire, heureuse, et c'est ce qui m'a convaincu, évidemment, Roberta Giraud était enceinte et elle allait m'annoncer que c'était de moi, en tout cas il était probable qu'elle allait me l'annoncer, et non seulement j'ai ralenti le pas mais j'ai fermé les yeux une seconde après ma question. Comment ça comment ça ? a dit Roberta Giraud. Je suis enceinte, j'attends un enfant, j'ai quarante ans et je suis heureuse, a-t-elle déclaré, et je voulais te dire aussi qu'au cas où tu croirais que l'enfant n'est pas de toi je préfère tout de suite dissiper tes doutes, il y a six mois que je ne couche avec personne excepté avec toi, Jean, c'est de toi qu'il s'agit, de nous, a commenté Roberta Giraud, alors tu comprends bien que je t'en parle. Évidemment, ai-je dit, comme on s'approchait de la bouche de métro, tu prends le métro avec moi ? C'est ce que je viens de te proposer, a dit Roberta Giraud. Parce que je n'ai pas le temps de prendre un verre, ai-je dit, mon ami est très malade, il est je ne dirais pas mourant mais menacé, et donc toi tu m'annonces ça et bien sûr je, ai-je provisoirement conclu cependant que nous nous engagions, Roberta Giraud et moi, dans l'escalier de la bouche et que Roberta me demandait ce que ça me faisait, exactement. J'étais en train, tout en cherchant ma carte Navigo pour passer dans le tourniquet – c'était ainsi, nous avions, Roberta, quelques autres et moi, à passer deux tourniquets d'espèce différente chaque jour ouvrable –, j'étais en train, précisément, de m'interroger sur ce que ça me faisait, drôle, naturellement, mais pas seulement, de toute façon je sentais bien qu'il me faudrait du temps pour y penser de manière synthétique, et j'ai répondu à Roberta que c'était soudain, qu'elle devait se rendre compte que c'était particulier, comme situation, et est-ce qu'elle se souvenait que nous ne vivions pas, jusqu'à présent, ce qu'on appelle à proprement parler une histoire d'amour, excuse-moi, ai-je dit comme elle présentait son sac face au lecteur magnétique et que nous passions ensemble nos tourniquets respectifs, c'est particulier, quand même, et donc tu es sûre ? Oui, a dit Roberta Giraud, je suis sûre, je comprends parfaitement ta réaction, ou ta non-réaction, mais il est certain que j'en suis là, maintenant, et que ça me plaît, la question de savoir si ça te plaît aussi est même secondaire, a-t-elle ajouté, seulement je t'en parle, tu comprends. Oui, ai-je dit, et alors malgré les précautions qu'on a prises, ai-je ajouté. Oui, a dit Roberta, malgré les précautions. D'accord, ai-je dit, et je ne sais pas quelle tête je faisais, ni ce qu'il y avait exactement dedans, à ce moment, j'entends que le tri était impossible, évidemment à ma connaissance je n'avais jamais eu d'enfant mais je ne voulais pas d'enfant de Roberta Giraud sauf que j'en aurais un, bientôt, apparemment, de Roberta Giraud qui ne parlait pas du tout d'avorter, si j'avais bien compris, et donc je pensais à cet enfant, à mon âge, à l'âge de Roberta Giraud et à l'âge de l'enfant, mais surtout à Roberta Giraud, la future mère de mon fils ou de ma fille, donc, Roberta Giraud, dont je m'aperçois qu'il faudrait que je dise trois mots de plus, maintenant, non que j'eusse pris la décision de me plier à ses choix, mais enfin, je ne la voyais pas exactement comme avant, donc, à ceci près qu'elle était la même, plus souriante, sans doute, plus confiante encore que d'habitude, pas en moi, certes, en la vie, disons, et elle était toujours blonde, avec les mêmes seins pour l'instant, détendue dans la conversation, comme elle l'avait été jusqu'à présent dans les rapports physiques, avec toujours ce côté direct, mais je ne l'aimais pas, non, j'étais même, à la réflexion, pour autant que je parvenais à réfléchir, un peu vexé qu'elle portât cet enfant, apparemment le mien, surtout connaissant sa position dans l'existence, cette sorte de détachement et de distance à elle-même qui la rendait si lisse, si glissante, si insaisissable, comme on dit, même son bonheur, pensais-je, le bonheur qu'elle dit éprouver, où gît-il donc, en quelle zone d'elle-même à l'exception de son ventre, dans quelle partie de son cerveau, je n'y croirai, à ce bonheur, qu'à condition de l'isoler, qu'à la condition qu'elle, Roberta Giraud, parvienne à le placer devant elle et à dire c'est lui, c'est mon bonheur, on ne discute pas, je ne me contenterai pas de son irradiation, pensais-je, car Roberta Giraud irradiait, elle aurait convaincu n'importe qui mais pas moi, elle avait l'air heureuse, oui, heureuse et tranquille, légère, jusqu'à l'évaporation, privée de toute peur, et si je m'en étais donné le loisir, ou l'espace, j'aurais eu peur de cette légèreté. Mais, de fait, je ne m'en donnais pas l'espace, je n'avais pas peur de la légèreté de Roberta Giraud, j'avais peur de moi, du problème que ça me posait, à moi, pas à elle, comment fait-on ? me disais-je, que se passe-t-il ensuite ? et pendant ? dois-je accompagner Roberta Giraud ? poser ma main sur son ventre ? la croire, vraiment ? et je me suis souvenu de sa fringale, le dernier soir où elle était venue chez moi, sans doute rien à voir avec la fringale de Georges, ai-je pensé, et tout à voir avec ce qui l'occupe, avec ce qui nous occupe, comme elle dit, excuse-moi de ne pas alimenter la conversation, lui ai-je dit comme nous changions à Denfert pour prendre le RER. Tu as bien compris que je voulais le garder, a dit Roberta. Oui, j'ai compris ça, ai-je dit. Je suis contente que tu sois le père, a-t-elle dit. Je te dis que j'ai compris, ai-je répété.

Ce qu'on peut faire, a dit Roberta, c'est se voir un peu. Évidemment, ai-je dit. Quand tu veux. Dans quelques semaines, a suggéré Roberta. Ah bon ? ai-je dit. Oui, a dit Roberta. Je t'appelle dans quelques semaines et on se voit. Tu viens me voir chez moi, par exemple. Tu n'es jamais venu chez moi. Exact, ai-je dit. Tu habites où ? Dans le douzième, a dit Roberta Giraud. Vers la Nation. Ah, c'est bien, ai-je dit comme nous repassions un tourniquet, je connais un peu, la Nation. Je l'élèverai seule, a déclaré Roberta Giraud avec entrain. Mais tu te manifesteras. Je n'ai pas eu le temps de réfléchir à tout ça encore, ai-je dit, mais ça me paraît probable, oui. Évidemment, ai-je ajouté. Je lui annoncerai que tu viens le voir plusieurs jours à l'avance, a enchaîné Roberta Giraud. Enfin, je vois ça comme ça. Qu'est-ce que tu en penses ? Je ne sais pas, ai-je dit, je n'y connais rien. Ou alors on vit ensemble, a soudain imaginé Roberta Giraud comme nous arrivions sur le quai. C'est peut-être possible, en fait. Je ne dis pas maintenant. Tu veux dire plus tard, ai-je dit. Oui, a dit Roberta. Non, ai-je dit. Sûrement pas. C'est qui, cet ami malade ? a demandé Roberta. William, ai-je dit, un type avec qui je dois partir en vacances.

On arrivait à Port-Royal. Roberta est sortie avec moi et m'a accompagné jusqu'à l'hôpital. Nous n'avons presque plus rien dit. Juste avant que nous arrivions à l'entrée, elle m'a pris au coude en me disant qu'elle y allait. Je lui ai fait face et je lui ai pressé légèrement l'avant-bras. Au revoir, ai-je dit. Bon, a dit Roberta, et elle partie dans l'autre sens.

En m'acheminant dans les couloirs, j'ai repensé à Hélène, une histoire quand même ancienne, et je me suis dit qu'il était un peu tard pour qu'elle vienne, à son tour, m'annoncer qu'elle attendait un enfant de moi. Peut-être un peu tôt, en revanche, pour qu'elle vienne m'annoncer qu'il était né. Au total, si mes calculs étaient justes, je n'aurais dans le pire des cas qu'un enfant, et ce avec Roberta Giraud, qui ne m'en demanderait sans doute pas d'autre. Ça restait énorme, évidemment. J'ai tenté de ne plus y penser et j'y suis parvenu assez bien parce que je manquais d'outils pour adopter une position viable. L'implication me demandait un travail d'imagination que je n'étais pas en mesure de fournir et la désinvolture me semblait inappropriée. J'ai donc opté provisoirement pour l'oubli. Ou plus précisément pour le classement. J'ai mis ça dans un coin de ma tête où j'ai immédiatement cessé d'avoir accès. Je savais que c'était quelque part, recouvert en tout cas pour l'heure par l'ambiance de l'hôpital, dont l'affairement exerçait sur moi un puissant effet de distraction. Ce n'étaient que chariots plats poussés dans des cabines d'ascenseur, malades traînant dans les couloirs avec leur bouteille, râles émanant de chambres ouvertes, infirmières consultant des fiches tout en marchant vers des destinations incertaines et dont le trajet se révélait haché par des rencontres qui donnaient lieu à de brefs dialogues où s'entendait du jargon. Je me suis fait la réflexion que la vie n'était pas simplement dehors, qu'elle était là aussi, dans ces efforts pour sauver ce qu'il y avait à sauver malgré les sous-effectifs, dans cette incessante agitation des debout au bénéfice des couchés, où, du reste, se retrouvait la bipartition entre les gens du dedans et ceux du dehors, qui avaient ici la singulière possibilité de sortir. Quand je suis entré dans la chambre, Paul était là, au pied du lit, à observer les courbes qui y étaient fixées. Alors, lui ai-je dit, comment il est ? Comme tu l'as remarqué, m'a répondu Paul à voix basse, on lui a retiré quelques tuyaux et il dort. D'accord, ai-je dit. C'est tout ? Il est toujours sous héparine depuis hier, a repris Paul, ce que je ne sais pas c'est s'ils ont décidé de passer aux antivitamines K ou s'ils attendent, mais de toute façon d'ici une semaine il est dehors avec des cachets et des bandes de contention, et bien sûr il va lui falloir du repos. Tu as vu un médecin ? ai-je dit, et William a ouvert un œil. Ah, Jean, a-t-il dit. Paul, a-t-il ajouté. Oui, a dit Paul, Je suis fatigué, a dit William. On le serait à moins, a dit Paul. Quand je rentrerai, je ne veux pas me fatiguer, a poursuivi William. J'ai pensé, a-t-il ajouté avec un grand sourire, et il s'est tu en conservant ce sourire. Oui ? a dit Paul. Je me demandais, a repris William, si dans une maison, et il s'est tu de nouveau. Une maison ? a dit Paul. De retraite, a dit William. Paul a souri à son tour. Qu'est-ce que tu racontes, William ? a-t-il dit. Pourquoi pas ? a dit William. Tu en as vu à la télé, William, suis-je intervenu, des maisons de retraite ? Pas trop, a dit William, dont l'élocution commençait à se dégrader. Ils font des animations, ai-je dit. Ils viennent faire des animations. Ils vous réunissent dans une salle et ils chantent devant vous ou ils jouent des sketches. Et alors ? a dit William. Et alors vous dodelinez, ai-je dit. Vous dodelinez dans vos fauteuils. Je n'en suis pas là, a dit William. Justement, ai-je dit. De toute façon, est intervenu à son tour Paul, on ne part plus en Grèce. Je ne veux bloquer personne, a dit William, partez en Grèce, franchement. Ce n'est pas ça, a dit Paul, je me sépare de Louise. Tu n'étais pas obligé de lui annoncer ça maintenant, Paul, ai-je dit. Remarquez, je ne vous écoute plus tellement, a dit William d'une voix pâteuse. J'apprécie moyennement votre conversation. D'ailleurs, je dors. Il s'est endormi. On s'est regardés, Paul et moi. Tu en es où avec Louise, exactement ? lui ai-je en fin de compte demandé à voix basse. Je te l'ai dit au déjeuner, a chuchoté Paul, et Louise est entrée à ce moment-là dans la chambre. Elle avait l'air comme d'habitude, posée, souriante. Elle a vu que William dormait, m'a embrassé et a dit alors ? Elle s'adressait à nous deux, je pense, mais peut-être un peu plus à Paul, sans toutefois le regarder. Paul a répété ce qu'il avait dit en plus court. Il dort depuis longtemps ? a demandé Louise. Il vient de s'endormir, ai-je dit. On ne part plus en Grèce, m'a déclaré Louise. Paul m'a dit, ai-je dit. La question reste de savoir si on part ailleurs, a dit Louise. On n'y a pas encore réfléchi, est intervenu Paul. J'ai noté le *on*. Connaissant leur situation, du moins pour ce que Paul en avait laissé entendre, je me suis demandé s'ils cherchaient à ne pas compromettre nos vacances, quitte à partir ensemble. J'ai rétorqué qu'on pouvait aussi ne pas partir du tout, que du reste pour William ce serait peut-être la meilleure solution, voire la seule. On a pensé au Gers, a dit Paul. Ça dépend de William, évidemment. Mais à ce que j'en vois aujourd'hui, et étant donné ce que j'entrevois dans les semaines qui viennent, ça pourrait lui être bénéfique. Et puis on sera là. L'idée, c'est simplement de s'aérer, a dit Louise. Je n'ai d'abord rien répondu. J'ai pensé que, peut-être, si Paul et Louise venaient de rompre, décider de partir ensemble moins loin était leur manière de le faire. Ça paraissait discutable, bien sûr. Vous voulez dire que vous avez déjà regardé des trucs ? ai-je demandé. Pas vraiment, a dit Louise. C'est une idée comme ça, a dit Paul. Bonjour, a dit l'infirmière qui entrait dans la chambre. Est-ce qu'on peut le laisser cinq minutes ? Naturellement, a dit Paul, et on est sortis tous les trois dans le couloir. Un grand type est arrivé vers nous, les cheveux courts, qui portait un blouson de motard et qui tenait à la main un casque de motard. Trente-cinq, quarante ans, des yeux enfoncés, avec une expression sournoise ou volontaire. Il s'est arrêté à notre hauteur. Il a compris que nous attendions devant la chambre et qu'il n'était pas, pour l'instant, possible d'y entrer. Il nous a salués. Nous l'avons salué. Je n'ai peut-être pas dit que William était seul dans la chambre, où il n'y avait du reste qu'un lit. Louise, dont je n'ignorais pas qu'elle supportait mal les silences, a demandé au nouveau venu s'il venait voir William. Le nouveau venu a simplement hoché la tête. Outre qu'il était nettement plus jeune, il était plus grand que nous. Plus silencieux également, si possible, car, de fait, à part Louise, nous nous taisions depuis son arrivée – Paul et moi, donc –, mais le nouveau venu distillait en somme un silence supérieur, en partie, sans doute, en raison de sa taille, qui nous forçait, si l'on ne voulait pas contempler sa poitrine, qu'ornait du reste une cravate-lacet, et au-dessus de quoi il nous surplombait, à lever les yeux vers lui sans toutefois soutenir son regard, de sorte que nous étions amenés à dévier le nôtre le nez légèrement en l'air. Là-dessus, Georges est arrivé, que j'ai mentalement remercié de le faire, sans noter spécialement son retard. Il nous a salués, a compris lui aussi que la chambre était indisponible et s'est donc planté là avec nous en demandant des nouvelles de William tout en jetant à l'homme au casque un bref regard. Paul a répété pour la seconde fois ce qu'il avait dit, en encore plus court, ce qui le ramenait presque à la première version de son diagnostic. Georges a hoché la tête, de même que l'homme au casque, dont j'ai pensé, au vu de cette forme de loquacité, facilitée sans doute par la simplicité du moyen de communication que venait d'adopter Georges, qu'il commençait peut-être tout doucement à s'adapter. La porte de la chambre s'est ouverte, par où l'infirmière est sortie en disant je vous le rends, et, dans le même temps, une aide-soignante est arrivée avec un chariot pour le repas. On est entrés derrière elle. Sur la petite table à roulettes de William, elle a disposé notamment un plat sous cloche, ainsi qu'une assiette où gisait un morceau de fromage blême et un ramequin de compote. On a tous regardé William, qui avait l'air de s'être rendormi, en se demandant s'il fallait le réveiller et combien de temps resterait chaud le plat sous cloche, sachant, Georges, Louise, le nouveau venu et moi, que Paul, peut-être, aurait une idée précise de ce qu'il fallait faire. Paul s'est contenté de soulever la cloche où nous avons découvert quelque chose qui, par sa forme, et un tout petit peu par sa couleur, pouvait évoquer une tranche de viande blanche, accompagnée clairement de coquillettes. Paul a reposé la cloche et William a ouvert les yeux. Il nous a vus avant de voir le nouveau venu, sur qui il s'est arrêté et à qui il a adressé une sorte de sourire songeur. Bastien ? a-t-il fini par dire. Bastien, donc, a hoché la tête. Il s'est avancé vers le lit et s'est penché sur William, dont il a embrassé la joue. Il s'est relevé et William nous a dit que c'était son fils. C'est-à-dire qu'il nous apprenait qu'il en avait un, mais nous avons dû faire comme si, évidemment, nous le savions déjà, eu égard à Bastien, qui devait seulement penser qu'on nous le présentait. De sorte que nous avons réagi sobrement, alors que nous étions très surpris et que, pour ce qui me concernait, j'éprouvais fugitivement la sensation, quand William en sortait, d'entrer de plain-pied dans le non-dit. Je n'allais évidemment pas me mettre à parler de Roberta Giraud, et j'éprouvais également cette autre sensation, en cet instant, d'outrepasser mes camarades dans la dissimulation, laquelle renforçait en moi le souvenir de Roberta Giraud et de mon futur statut. En attendant, toutefois, je devais, avec les autres, faire face à Bastien, à William, à sa révélation et, secondairement, au fait que le plat sous cloche refroidissait. Tu devrais manger un peu, papa, a dit Bastien. William, en silence, a attaqué sa viande. Bastien se taisait et, singulièrement, Louise aussi. Elle était, semblait-il, en train de chercher une ouverture, ce qui n'était guère aisé, d'autant que, si William avait bien sûr prévenu son fils de son hospitalisation, nous ne savions pas depuis quand il l'avait vu la dernière fois. Lors de l'alerte, il s'était sans doute vu mourir et il avait voulu faire signe à son fils, avec qui, au demeurant, il avait peut-être entretenu des relations téléphoniques ou épistolaires, encore que la discrétion de Bastien à l'oral laissât mal présumer de la richesse de leurs échanges dans l'un ou l'autre de ces domaines. Le père et le fils ne paraissaient toutefois pas gênés de se retrouver face à face. Leur lien, malgré leur possible éloignement passé, semblait s'être maintenu, à moins que les circonstances ne l'eussent à l'instant restauré, mais le peu d'expression qui lui était donnée rendait cette hypothèse hasardeuse. William a enchaîné sur le fromage, a terminé sa compote sous le regard attentif de son fils, qui a resserré sa cravate-lacet. Louise, considérant sans doute qu'il était inutile de solliciter ce dernier, lequel ne nous adressait plus un regard depuis que nous étions entrés dans la chambre, a fait remarquer à William qu'il avait de l'appétit et que c'était une bonne chose, et on a bien senti sa volonté de faire comme si Bastien n'était pas là ou, au contraire, comme s'il avait été là depuis toujours, auprès de son père et, en quelque sorte, de nous. Si tu continues comme ça, tu vas sortir bientôt, a enchaîné Paul. C'était comment ? ai-je dit. J'avais faim, a dit William, et il a regardé son fils en hochant la tête. Son fils lui a souri, puis il a consulté sa montre. Je vais y aller, a-t-il dit. À peine un temps, et il est venu prendre la main de William, sur laquelle il a posé son autre main. Puis il a ramassé son casque et il est sorti après s'être retourné et fait un petit geste vers William, ainsi qu'un hochement de tête dans notre direction. Après son départ, sa présence était encore palpable, évidemment, dont nous avons éprouvé en silence la densité et à quoi se mêlait la conscience de la longue dissimulation de William, qui ne croisait pas franchement nos regards. La visite de son fils, de toute façon, ainsi que, peut-être, le commencement de la digestion l'avaient épuisé et ses yeux tendaient à se refermer. Le temps que nous trouvions quelque chose à dire dans cette situation qui réclamait des mots neufs, il s'est rendormi. On s'est regardés tous les quatre et, toujours à voix basse,

Paul a informé Georges, qui n'en savait rien encore, qu'on ne partait plus en Grèce. Georges n'a rien dit, pas même qu'il s'y attendait, il n'a pas cherché non plus à jouer l'étonnement. Louise, qui avait l'air de savoir que Paul nous avait parlé au déjeuner de leur séparation, a de nouveau pris le relais en douceur, évoquant notre éventuelle reconversion vers le Gers sans rien expliciter, mais avec une gravité suffisante pour qu'on puisse comprendre que, d'une part, on n'allait pas s'y amuser et que, d'autre part, plus précisément, nous étions invités, Georges et moi, ainsi que William, dans le Gers, donc, à vivre avec eux la parenthèse qu'ils entendaient y ouvrir. Georges a dit pourquoi pas le Gers, en effet, il avait l'air de s'en fiche, quoique la Drôme, peut-être, a-t-il ajouté, mais personne n'avait visiblement envie de parler des avantages comparés de ces deux départements et nous avons commencé, surtout, d'attendre que William s'éveille pour le quitter, sachant que nous n'allions pas, dans l'état où il était, l'entreprendre sur son fils ni de toute façon prolonger notre entretien avec lui, excepté, naturellement, s'il en exprimait le désir. Il s'est d'ailleurs éveillé, peut-être à cause du silence que nous observions depuis quelques secondes, debout que nous étions au pied du lit à observer religieusement sa respiration, et la première chose qu'il a dite est qu'il avait eu Bastien avec sa première femme. Il a ajouté que son fils était parti quelques mois après la mort de sa première femme, à l'âge de dix-huit ans, sans avoir pris la peine de passer son bac. William avait eu des nouvelles de lui lors de la parution de son premier disque, de son premier disque à lui, son fils, mais pas par lui, et comme Bastien n'avait plus fait de disque il n'avait plus eu de nouvelles. Ils ne s'étaient rencontrés que quelques années après, en pleine rue, où ils s'étaient embrassés et où son fils, après lui avoir dit qu'ils se reverraient tous deux un jour, lui avait laissé son numéro de portable. Nous n'avons pas demandé à William quel genre de disque avait enregistré Bastien, ni son nom de scène, s'il en avait pris un, car le visage de Bastien ne disait rien à aucun d'entre nous, comme nous nous le sommes dit plus tard en dehors de la chambre, et il semblait bien que dans le domaine de la musique le fils n'avait pas mieux réussi que le père. Nous nous sommes contentés en écoutant William de lui signifier notre attention en aiguisant nos regards et, en ce qui me concernait, en serrant légèrement les lèvres. Nous ne bougions pas du tout, nous étions silencieux et le difficile ensuite a été de trouver une phrase de transition. La solution a été de ne plus en chercher. Nous avons tous embrassé William sauf Georges, qui a préféré lui tapoter la main, et nous sommes sortis de la chambre en file indienne en nous retournant sur lui avec un ensemble qui pouvait sommairement évoquer un bout de chorégraphie.

On s'est retrouvés tous les quatre sur le trottoir, à parler encore un peu de William comme on prenait la direction du boulevard. On a parlé de William, donc, et essentiellement de son état et de la perspective de sa sortie, sachant que, tout soucieux qu'on était de sa guérison, on avait conscience que derrière nos mots s'en cachaient d'autres, qui rongeaient leur frein et qui concernaient évidemment sa paternité et le silence dont il l'avait toujours entourée. Et d'autres encore, bien sûr, qui concernaient Paul et Louise, leur séparation et leur singulière vue sur la façon de la conduire. S'ajoutait de nouveau à cette occultation commune la mienne propre, concernant ma paternité future, laquelle, au sortir de l'hôpital et de son ambiance, reprenait je ne dirais pas de la vigueur, puisqu'elle me travaillait plutôt sur le mode de l'anesthésie, mais un semblant de relief, et l'ensemble de cet arrière-plan privait à tout le moins notre échange de fluidité, comme si, au regard du fait que nous nous connaissions d'assez fraîche date, nos rapports présents eussent tendu à retrouver une opacité qui eût été leur norme. Nous parlions de fait avec difficulté, en ménageant des blancs atypiques, et nos regards continuaient à s'éviter. Même Louise, en ces instants, me paraissait se comporter faussement. Au demeurant, je la trouvais peut-être plus belle qu'à l'accoutumée, quoique moins charmante, le congé du naturel chez elle contribuant sans doute à la sculpter. Beau visage, me disais-je donc, où la vie reflue mais persiste, car son regard, que j'observais à la dérobée, émettait cependant toujours ce genre de sourire que je lui connaissais, mais ici comme éloigné ou à l'état de reflet, et dont j'ai pensé fugitivement qu'il importait de le préserver comme une braise. Je crois que j'avais, en ces instants, le souci en effet de conserver le sourire dans le regard de Louise, sourire dont la disparition m'eût en somme déstabilisé ou même, imaginais-je, peiné. Paul, à ses côtés, incarnait une telle menace, qui, bien qu'artisan de leur séparation, à l'entendre, me semblait moins l'assumer que la subir, et nourrir en Louise une tristesse qui dérivait moins de la violence d'une décision que du lent poison de la velléité. Il restait que Louise, selon toute apparence, était la complice active de cette situation, mais la sorte de maîtrise dont elle témoignait en l'espèce, même si sa visée me semblait critiquable et en tout cas manquer de force, venait parfaire l'image que je m'étais forgée d'elle depuis le départ : sérénité, ouverture, gentillesse et, quoi qu'il en fût, grâce.

Arrivés sur le boulevard, nous n'avions toujours rien dit de ce qui, à divers titres, nous préoccupait. Louise a proposé que nous refassions un point sur les vacances, à partir des nouvelles données qu'elle nous avait fournies avec Paul, et que nous nous retrouvions chez eux à une date rapprochée pour choisir une maison devant leur ordinateur. Vendredi soir ? a suggéré Georges. On était mercredi. Or personne n'avait rien de mieux à faire ce vendredi soir, et j'ai noté une fois de plus que nous étions tous disponibles, peu sollicités par nos autres semblables, que nous sollicitions peu, également, ou que nous nous étions mis depuis longtemps en position d'éviter. Et il était clair que, choisissant de nous retrouver dans quarante-huit heures pour nous fédérer autour de ce projet bancal d'un séjour dans le Gers, où nous savions que William trouverait en outre sa place, nous contresignions la pérennisation d'un groupe, aussi fragile qu'il risquât d'être. Ajouté à cela que, Paul et Louise ayant sauté dans un taxi qui nous les avait enlevés, à Georges et à moi, comme on efface d'un clic une photo dans un appareil numérique, je me suis retrouvé seul avec lui qui m'a immédiatement reparlé de l'avenue de Versailles. Ce n'était pas tout à fait le moment. Je lui ai dit qu'on pouvait aborder le sujet plus tard, mais je n'ai pas pu m'empêcher de lui signaler que c'était plutôt William qui, à sa sortie, aurait des difficultés à vivre seul. Et donc ? a dit Georges, intéressé. Et donc je ne sais pas, ai-je dit, et j'ai hélé un taxi. C'est Georges qui l'a pris. Je suis encore rentré chez moi à pied et les jours ont passé. On avait tous revu William, dont l'état s'améliorait. Entre-temps, on s'était retrouvés pour discuter du Gers. Finalement, ça n'a pas été le Gers. Et pas non plus la Drôme. Ç'a été l'Hérault. Une maison au bord de la Camargue. Une belle maison avec piscine. Nous regardions les images sur l'écran et Paul et Louise se comportaient exactement comme si rien ne s'était passé entre eux. Un peu de nervosité chez Paul, peut-être. Qui parlait beaucoup et visiblement de n'importe quoi. Je crois que de temps en temps il s'essayait à être drôle. Georges, par jeu, sans doute, avait rapporté un gâteau. De toute façon, le dîner s'était déroulé dans l'artifice, nous n'avions abordé aucun vrai sujet. Nous avions laissé de côté l'actualité, qui était riche et préoccupante. Quant aux banalités qui nous venaient aux lèvres, nous luttions contre. Nous habillions tant bien que mal les silences qui, de temps à autre, venaient emplir comme une matière solide le peu d'espace qui nous séparait dans la pièce. Je me suis demandé pourquoi nous nous acharnions à nourrir ce projet de partir ensemble, lequel semblait se présenter à nous, maintenant, comme une obligation dont nous eussions oublié les causes.

Georges, en sortant, m'a encore parlé de l'avenue de Versailles. De guerre lasse, j'ai proposé qu'on revoie l'appartement. Je ne savais pas ce que je pensais. Roberta Giraud m'avait rappelé la veille pour me dire que tout se passait bien. Elle m'avait demandé si ça me convenait de lui rendre visite dans une semaine. Elle se comportait comme si, quant à sa grossesse, je n'étais concerné qu'en tant que témoin. Là non plus, je ne savais pas quoi penser. Il me semblait toutefois, à défaut d'entendre clairement en moi l'écho qu'éveillait son état, que Roberta faisait en sorte que le processus m'échappât. Quelque chose se tramait à mon insu ou presque, à quoi je n'opposais que mes atermoiements. J'avais évidemment accepté la proposition de Roberta et nous avions pris date. Il est certain que je voyais différemment l'avenir. Je me suis dit qu'à tout hasard je devais me remettre à faire un peu de sport. Et qu'à bien y réfléchir le plus simple était de marcher. J'ai donc commencé, dans les jours suivants, à marcher avant et après le travail. Je surveillais ma respiration et dosais mes foulées de manière croissante. Au cours de cet exercice, aucune pensée ne me venait. Je m'abrutissais dans l'effort. Mon avenir se structurait par tranches de cent mètres, et, entre les deux trajets qui m'amenaient au bureau et qui m'en ramenaient, je m'absorbais dans le travail. Dans les moments de creux, il m'arrivait de me voir mourir. J'avais cependant la sensation de respirer mieux. Je ne désespérais pas de m'acheminer vers une sorte de forme physique.

Deux jours après la soirée chez Paul et Louise, j'ai repris rendez-vous avec Joukov. Il était rétabli et l'appartement n'avait toujours pas trouvé de locataire. J'ai contacté Georges et on est tombés d'accord tous les deux pour une visite le lendemain à l'heure du déjeuner. Georges, à qui j'avais précisé que la belle Sam ne viendrait pas, m'a affirmé que ça n'avait pas d'importance. Je ne l'ai pas cru. J'ai d'ailleurs constaté, quand on est entrés, qu'il cherchait à se souvenir de la jeune femme évoluant dans l'unique pièce. Joukov se contentait de l'occuper discrètement, et la seule figure féminine qui s'imposait à nos regards était la statue sur le fleuve. Georges m'a glissé, au cours de la visite, qu'il la trouvait froide. Et l'espace ? ai-je murmuré. Et la Seine ? Je suis d'accord, a dit Georges. Alors ? est intervenu Joukov, qui en avait assez d'avoir l'air de ne pas nous écouter. Pas si mal, suis-je convenu. Joukov a regardé Georges, en quête d'un acquiescement. Georges a eu une expression d'impuissance, qui pouvait signifier qu'il n'avait pas de pouvoir de décision. Je vais réfléchir, ai-je dit. Je vous rappelle.

J'ai discuté après avec Georges. Il était partant pour que je prenne l'appartement. Pour y vivre lui aussi, a-t-il précisé. Ce que je te propose, a-t-il développé, c'est simplement d'être là. De voir comment ça évolue. Comment ça évolue quoi ? ai-je dit. Je ne sais pas, a dit Georges. Toi. Nous. Les voitures, a-t-il ajouté. Le bruit. C'est trompeur, le bruit. Je le soupçonnais de vouloir s'installer ici pour revoir Sam, mais, dans ce cas, l'efficacité de son stratagème m'échappait. À moins qu'avant la signature du bail il n'escomptât une prochaine visite, associée à une rechute de Joukov. Personnellement, ça m'était égal. Je sentais que j'allais prendre l'appartement, avec ou sans Georges. Ce serait probablement pire avec lui, quoique en même temps plus radical. J'avais besoin de radicalité. Je me voyais assez bien entrer dans une période difficile.

L'idée me venait en outre de proposer de laisser mon rez-de-chaussée de la rue Alphonse-Bertillon à

William quand il sortirait, le temps des trois mois de préavis pour la résiliation du bail.

Deux jours plus tard, j'ai signé le bail de l'avenue de Versailles et William est sorti. Je suis allé le chercher seul. Quand je suis arrivé, il était assis dans le fauteuil de la chambre, un petit sac en plastique à ses pieds. Il s'est levé avec une lenteur pénible, qui m'a donné l'impression que le temps s'étirait. Il m'a paru plus gros debout. On est descendus par l'ascenseur et je l'ai conduit jusqu'au hall de réception où je l'ai fait s'asseoir pendant que je remplissais les papiers. Quand je suis revenu, il avait l'air épuisé. J'ai pensé qu'on le faisait sortir trop tôt. On n'est pas pressés, William, ai-je dit. Si on prenait un café ou quelque chose ? Non, a-t-il dit, je préférerais rentrer. Mais il restait assis, et je me suis dit qu'il s'était vraiment exprimé au conditionnel, ou qu'il venait de formuler un vœu sans rapport avec la réalité. Laquelle m'apparaissait sous la forme de ses cernes, de la sonorité de son souffle et d'une légère transpiration. Écoute, ai-je dit, j'ai pensé qu'en fait, et je me suis repris, j'ai dit voilà, je vais déménager mais mon appartement, l'ancien, est encore disponible pendant trois mois, tu pourrais, tu sais que c'est un rez-de-chaussée. Oui, un rez-de-chaussée, a dit William, qui semblait tout à fait prêt à m'écouter et à ne pas me contredire, qui semblait d'accord pour tout, en vérité, mais enfin, a-t-il ajouté comme s'il venait souligner un détail qu'il convenait peut-être de ne pas négliger si je voulais envisager sérieusement sa réinsertion dans la vie normale, j'habite en face.

Au quatrième, William, ai-je dit, sans ascenseur. William a haussé le regard vers moi, l'a ramené face à lui. J'ai quand même envie d'essayer, a-t-il dit, et il a considéré le hall l'air de chercher, parmi les gens qui passaient, personnel hospitalier, visiteurs, un assentiment, à moins qu'il n'espère qu'ils s'arrêtent, ai-je pensé, ou qu'ils ralentissent, que la vie s'accorde à son rythme, et je me suis dit qu'il exagérait, que j'étais là, moi, prêt à le suivre, ou à le précéder, à l'accompagner, je me suis demandé ce qu'il voulait de plus, vraiment, et j'ai pensé que ça n'irait probablement pas pour ce qui était de remettre William sur les rails. J'ai dit si tu veux, on peut essayer, déjà on va traverser la rue et monter au premier étage. Chaque chose en son temps, ai-je précisé. D'accord, a-t-il dit. Il s'est levé, plus lentement que dans la chambre, et on a pris la direction de la sortie. Quand on a descendu le trottoir, une voiture nous est passée sous le nez, j'ai juste eu le temps de le tirer en arrière. Puis je l'ai pris au coude et on a traversé. Des gens entraient dans l'hôpital, en sortaient. Sur le trottoir d'en face, on a fait trois pas en direction de son immeuble. William a composé le code, on est entrés et il a commencé à monter l'escalier. Il a d'abord procédé marche par marche, c'est-à-dire que, comme on fait normalement, quand il avait mis le pied sur l'une, il posait l'autre sur la suivante. Il se tenait à la rampe depuis le départ et je montais derrière lui, je l'entendais souffler. On n'est pas pressés, ai-je répété. À mi-étage, il a fait une pause, et quelqu'un qui montait nous a dépassés, un jeune type, qui nous a demandé si ça allait. J'ai dit oui. William a repris son ascension et je dois dire que, au regard de mes prévisions, on a atteint le palier relativement vite. Là, c'était spacieux, on aurait pu aussi bien, au lieu de s'accouder à la rampe comme l'a fait William, en plongeant du regard vers la cage d'escalier, s'asseoir au bord du palier. Je le lui ai proposé. Il a dit non et il est reparti en ahanant. Puis il s'est arrêté. J'ai redit qu'on pouvait s'asseoir. Quelqu'un est descendu, cette fois, une femme, qui en nous croisant nous a dit bonjour, et à qui William a répondu tout en reprenant son ascension. C'est-à-dire qu'en ouvrant la bouche pour lui rendre son salut il s'est hissé dans une violente expiration vers la marche supérieure, où, ayant posé son pied gauche, il est resté un moment en équilibre, le pied droit levé derrière lui dans le vide, qu'il n'a pu finalement poser que sur la même marche, comme s'il se rétablissait, et non sur la suivante. L'ascension vers le deuxième étage s'est poursuivie de cette même façon, un pied après l'autre sur chaque marche, et dans le même ordre, à savoir le pied gauche puis le pied droit, si bien que le gauche est resté toujours en avant du droit, dans une sorte de boiterie. Derrière, j'observais et je surveillais la masse lente et hésitante de William, j'écoutais son souffle, et j'ai déclaré qu'au deuxième palier cette fois on s'arrêterait pour de bon, mais William a répondu que non, qu'il y arrivait, or non seulement il n'y arrivait pas mais il le niait contre toute évidence, et je lui ai dit moi, j'arrête. En fait, je me suis arrêté tout de suite, sans attendre le palier, sur la marche où je me trouvais derrière lui, mais William ne m'a pas entendu m'arrêter, ou du moins il n'a pas entendu que je cessais de monter, peut-être parce que je portais des semelles de crêpe, peut-être aussi parce que le bruit de son souffle occultait le peu de craquements qu'occasionnait jusque-là ma progression. Il a continué de se hisser, et j'ai pris toute la mesure de la différence de ce verbe avec gravir, par exemple, ou monter, William véritablement se hissait à l'aide de sa seule jambe gauche, qui portait tout son poids quand il la dépliait pour lever derrière lui la droite et l'amener au même niveau. Et, sachant qu'il était droitier, je me suis fait la réflexion qu'il eût été préférable pour lui de se hisser à l'aide de la droite, mais je n'ai rien dit, évidemment, parce qu'il avait tout de même enclenché une mécanique, je n'ai rien dit mais je n'ai pas voulu le laisser prendre trop d'avance non plus, et j'ai repris moi-même l'ascension tout en lui redemandant en fin de compte de s'arrêter au palier, qu'il allait d'ailleurs atteindre quand il s'est écrié en se frappant le front qu'il avait oublié quelque chose à l'hôpital, dans un mouvement de torsion, également, du buste comme s'il avait voulu pivoter vers moi pour me convaincre de l'importance de cet oubli, et, dans ce mouvement de torsion, il a lâché la rampe, son pied droit a décollé de la marche, il s'est retrouvé debout sur son seul pied gauche, mais légèrement déporté vers l'arrière, et j'ai crié attention, et alors tout s'est passé dans un enchaînement effroyable, j'ai vu William basculer en arrière, son corps emplissant tout l'espace devant moi, le couvrant comme une nuée d'orage, j'ai levé les bras en avant vers son dos, mais son dos s'est abattu sur moi, tout William s'est abattu sur moi, mes bras ont plié, mes mains se sont écrasées contre ma figure et je me suis senti partir avec lui en arrière, d'abord alourdi de tout son poids puis comme libéré, comme s'il me doublait à l'horizontale dans cette chute qui continuait de me paraître aussi désespérément inéluctable, William se décollant de ma figure et de ma poitrine, donc, voire décollant tout court, comme lancé par-dessus moi cependant qu'immédiatement après ce moment suspendu ma tête heurtait l'arête d'une marche.

Ce qu'on m'a dit à l'hôpital, le même, évidemment, que celui d'où était sorti William et où m'avait fait transporter, en gros, la gardienne de l'immeuble, alertée par le bruit, c'est que je souffrais d'une embarrure, qui est un enfoncement de l'os dans la cavité crânienne, où se trouvaient maintenant des esquilles qu'il fallait extraire. J'avais perdu connaissance pendant deux heures mais non la mémoire, encore que celle que je conservais de ma chute restât floue, où William m'apparaissait couché, à mes côtés, cependant que j'étais la proie d'un sommeil agité où il surgissait par intermittences, dans un effet de stroboscopie. J'ai eu toutefois, après le scanner et avant qu'on m'emporte au bloc, les idées suffisamment claires pour reconstituer en partie la scène, d'où il ressortait que nous étions tombés ensemble, et pour demander, sans éprouver exactement le sens des mots que j'employais, comme si ma pensée et surtout ma sensibilité tardaient à reprendre forme, des nouvelles de William, dont j'ai appris la mort quelques minutes, donc, avant qu'on m'endorme pour l'opération, minutes qui m'ont paru, étant donné mon état, s'écouler dans une réalité fragile où cette mort, précisément, s'est présentée tantôt comme un fait ancien, précédant même l'accident, et n'ayant pas de rapport avec lui, tantôt comme une irruption, la chute se matérialisant juste après que j'imaginais William mort, que je revoyais rétrospectivement tomber avec moi dans des circonstances confuses mais avec une grande netteté en ce qui concernait la dynamique des corps, parfaitement détachés l'un et l'autre, mais non l'un de l'autre, tout dans ma vision restant une affaire de lignes, d'équilibre des masses, comme s'il se fût agi d'un projet d'artiste ou d'une case de story-board, tandis que je cherchais en vain à me représenter le visage de William, dont j'avais peut-être, en fait, perdu le souvenir à l'occasion du choc, mais qui m'est revenu à peine modifié – je ne retrouvais pas en tout cas l'expression de son regard, cette sorte de systématique sourire d'acceptation. Personne n'était venu me voir le jour de l'accident, d'abord parce que je n'ai pas sur moi de papiers portant mention de qui que ce soit à prévenir en cas d'urgence, ensuite parce que, quand on me l'a demandé, j'ai répondu que dans l'immédiat je ne voyais pas, que j'allais réfléchir. Après la phase de réveil, la mort de William m'est revenue en pleine conscience, et j'ai commencé à mesurer combien elle me touchait, notamment eu égard au fait que j'avais peu connu William, même si je l'avais davantage approché que Georges, par exemple. C'est précisément parce que j'avais peu connu William, ai-je compris, que sa mort m'atteignait, me l'enlevait d'autant plus en m'interdisant de mieux le connaître et ce que je perdais, notamment, outre ce que j'avais connu de William, c'était ce que je n'en avais pas connu et que je n'en connaîtrais jamais, c'était là, dans cette zone hors d'atteinte, que se tenait l'irréparable, et non dans le souvenir que je conservais de lui, dont on sait comment la vie s'accommode, comment de ce qui disparaît elle fait d'abord sa charge, puis son compagnonnage, avant de composer avec l'oubli.

On devait me garder. Dès que j'ai retrouvé mes esprits, j'ai appelé Georges, qui m'avait laissé un message où il me demandait de mes nouvelles et qui, en outre, avait été informé de la mort de William par Paul, lequel en avait été prévenu par Bastien. William serait enterré dans deux jours, et je me suis demandé comment Bastien avait fait le chemin jusqu'à Paul, ce qui lui avait permis de sélectionner Paul dans l'agenda de William et de l'identifier pour ce qu'il était, un ami de William un peu plus ancien que nous, certes, mais ce n'était pas écrit dans l'agenda, en tout cas Bastien avait fait le nécessaire pour joindre l'un d'entre nous, pour contacter quelqu'un qui fît partie de l'environnement amical de William, en plus de ce qu'il lui restait de famille, ai-je imaginé, et là aussi j'ai pensé que Bastien avait peu connu son père, tout comme nous, et qu'alors il éprouvait sûrement les choses avec le même regret et la même force. C'est lui qui est d'ailleurs venu me voir le premier à l'hôpital, cinq minutes avant Georges. Je n'ai d'abord pas compris qui il était, puis j'ai identifié sa taille et sa cravate-lacet. Il m'a dit qu'il voulait savoir comment j'allais, et je l'en ai remercié, évidemment, j'avais la tête bandée et douloureuse mais pas de drain, j'étais assis contre le haut du lit relevé à l'aide d'un bouton, j'ai ajouté que ça pouvait aller et j'ai commencé à vouloir lui expliquer notre chute, je me suis embrouillé. Bastien a fait un geste qui signifiait que c'était comme ça et qu'on n'y pouvait rien, puis Georges est entré et il est allé droit sur moi pour me serrer la main avant de saluer Bastien qui l'a aussitôt dominé de sa demi-tête. J'ai vu Georges tout petit et plus vieux, soudain, puis simplement adulte, en fait, j'ai vu Georges comme une sorte de vieil adulte en face d'un jeune plus si jeune, comme deux étapes dans le temps pas si marquées que ça, parce que tout de suite après Bastien aussi m'a paru vieux, ou adulte, ou peut-être responsable, seulement, me suis-je dit, responsable de sa vie, seul responsable désormais, dans le sens de dépositaire, j'avais donc face à moi un jeune type plus très jeune mais responsable et un autre plus jeune du tout mais pas si responsable, ai-je pensé, avec toujours cette jeunesse insensée dans le regard, et c'est lui qui est resté, Bastien est parti aussi vite que lors de la visite qu'il avait faite à son père, mais cette fois ce n'est pas le fils intermittent et laconique qui s'en va, ai-je pensé, c'est la responsabilité, c'est elle qui vient de surgir et qui s'en va, comme une vision, et je suis resté avec Georges. J'ai eu le tournis tout à coup et je lui ai demandé de s'asseoir. Il m'a demandé, lui, en tirant à lui la chaise qui est là pour le visiteur – je n'étais pas seul dans la chambre et il y en avait une autre, en plus des fauteuils réservés aux malades, mais quelqu'un était assis dessus –, si j'avais une date de sortie. J'ai dit que non, mais que j'imaginais que dans quelques jours, pas davantage, je serais sur pied. Tu n'as rien à lire, a observé Georges en jetant un œil à ma table de nuit et à mon fauteuil, où nul livre ni aucun objet n'était visible, à l'exception de ma montre et de mon téléphone, tu veux que j'aille te chercher des journaux ? Je ne sais pas, ai-je dit, ce qui l'a embarrassé, bien sûr, mais je ne savais vraiment pas, je ne savais pas si j'avais envie d'avoir des journaux, dans la perspective de les lire, de toute façon, ai-je pensé, s'il m'apporte *Le Monde* de ce soir, en admettant qu'il le trouve, je n'aurai pas le courage de le lire avant demain, de sorte qu'entre-temps il se sera produit autre chose, et ne parlons pas des livres, je ne me vois même pas lire une quatrième de couverture, je suis fatigué, ai-je songé. Cependant Georges, toujours déstabilisé par ma réponse, cherchait visiblement à changer de sujet ou espérait que j'affine cette réponse, parce que évidemment on n'aurait pas pu parler de William, il semblait même qu'on évitait tous les deux ce soir-là de le faire, ni l'un ni l'autre apparemment nous n'avions les mots pour ça, pour ce moment dans notre vie juste après la mort de William et qui eussent pu évoquer William. C'est un peu, cette fois, ai-je pensé, comme si William était mort trop récemment et qu'on n'ait pas eu le recul nécessaire, en parler ce serait comme l'enterrer, déjà, me suis-je dit, ou nommer sa mort reviendrait à le tuer, et c'est pour ça que nous ne disons plus rien, Georges et moi. Bien sûr, j'aurais voulu parler à Georges de l'enterrement, du fait que je n'y serais pas, j'aurais voulu lui dire combien ça me gênait, comment le fait que j'étais tombé avec William et que lui était mort et moi pas mais que je me trouvais empêché d'aller à son enterrement me troublait, mais je n'y arrivais pas, j'ai appuyé sur le bouton du lit pour l'incliner davantage, j'avais les yeux qui se fermaient. Tu veux que je reste ? m'a demandé Georges. Non, ai-je dit, je vais peut-être dormir, et j'ai failli lui demander de m'apporter des affaires une prochaine fois, puis j'ai pensé à Agnès et je n'ai rien dit, j'ai préféré demander à Agnès. Georges s'est levé en disant qu'il allait revenir, que Paul et Louise passeraient le lendemain soir. Salut, a-t-il dit en venant me toucher le dos de la main. Merci, ai-je dit.

Je me suis retrouvé seul avec la femme qui était assise sur la chaise en face de mon voisin de lit, un type avec un truc plus grave que moi, je n'avais pas bien compris quoi. La femme se taisait, le type dormait, et, si elle m'avait dit bonjour en entrant, elle ne m'avait plus adressé la parole depuis, elle était penchée sur des mots croisés. J'ai rencontré son regard, elle cherchait clairement une définition et elle ne me voyait pas, j'ai préféré fermer les yeux. Elle a détourné le regard et j'ai rouvert les yeux, non que je n'eusse plus sommeil, mais j'ai préféré attendre qu'elle trouve sa définition, qu'elle ne trouvait pas, en fait, elle suçait son stylo et j'ai remarqué qu'elle avait un peu de duvet sombre sur la lèvre supérieure. J'ai hésité à appeler Agnès devant elle et à partir de ce moment je n'ai plus cessé de penser à l'appeler pour qu'elle m'apporte des affaires, dans ma tête c'est devenu ridicule et pesant, j'ai fini par piquer du nez. J'ai été réveillé par l'infirmière, la femme était partie. L'infirmière était gentille, nullement infantilisante, une perle, ai-je pensé, elle est même jolie, me suis-je dit et je me suis demandé si j'aurais été capable d'entamer quelque chose avec elle, puis de continuer quelque chose avec elle, après quoi je me suis demandé ce qu'elle en aurait pensé de son côté et là j'ai arrêté, je l'ai laissée retaper mes oreillers et elle est sortie. Je suis resté avec le type à côté et son truc plus grave, il dormait toujours, avec une mauvaise respiration. J'ai allumé la télé en réglant le volume bas et j'ai appelé Agnès, qui a décroché. Je lui ai expliqué ce qui nous était arrivés à William et à moi. Ce qui me fait bizarre, m'a-t-elle dit, c'est que je ne le connaissais pas, ce William. Elle a ajouté qu'elle passerait le lendemain en début d'après-midi prendre mes clés et qu'elle repasserait le soir pour m'apporter mes affaires. En dehors du fait que je lui annonçais des choses pas très gaies, elle avait une bonne voix et je me suis méfié, je me suis inquiété pour elle.

Je me remettais bien, j'avais eu de la chance. C'étaient les mots du médecin. Je sortirais sans doute dans trois jours et on était début mai. Je regardais le temps par la fenêtre en escomptant prendre des forces. J'ai eu la visite de Paul et Louise avant l'enterrement de William, puis après l'enterrement de William. Le jour de l'enterrement de William, je me suis levé. Je suis allé jusqu'au bout du couloir et retour. Le lendemain, donc, j'ai accueilli Paul et

Louise dans le fauteuil. Ils avaient l'air toujours soudés dans leur projet de séparation et toujours désireux de passer des vacances dans l'Hérault. Il n'y avait pas eu grand monde à l'enterrement de William, un enterrement civil, qui plus est, avec un cérémonial calamiteux, sans discours et suivi d'une dispersion empruntée, personne n'ayant osé franchement partir alors que tout était fini, ce qui avait donné lieu à des regroupements dubitatifs qui s'étaient peu à peu clairsemés puis défaits. C'est quand Paul et Louise m'ont raconté ça que je me suis souvenu d'un détail d'avant la chute, et qui n'avait pas de rapport, mais je m'en suis souvenu à ce moment, c'est quand William, donc, lorsqu'il s'était retourné sur sa marche, s'était exclamé qu'il avait oublié quelque chose dans la chambre. Il faudrait demander à l'hôpital, ai-je dit, si on n'a pas retrouvé quelque chose dans la chambre de William, une photo, une lettre ou je ne sais quoi, et qu'on le remette à son fils, par exemple. On va essayer de se renseigner, a dit Paul. Tu veux qu'on t'apporte des journaux ? a demandé Louise. Sur ma table de nuit, depuis la visite d'Agnès, se trouvait le roman *Quatre-vingt-treize* de Victor Hugo lu jusqu'à la page cinquante et sur lequel, soit dit en passant, j'aurais eu des critiques sévères à formuler, mais rien d'autre à part ma montre et mon téléphone. J'ai remercié Louise, j'ai dit que je prendrais connaissance de la marche du monde à ma sortie, que de toute façon ce n'étaient pas trois jours de plus qui y changeraient quoi que ce soit. Paul a souri, mais pas Louise, et j'ai eu honte devant elle, mais après tout, ai-je songé, on m'a ouvert le crâne, ça me donne quelques droits. Ils ne sont pas restés très longtemps à me contempler dans mon fauteuil. Paul n'a pas émis la moindre observation, comme si, après la mort de William et mon hospitalisation, il avait pris la mesure d'une sorte de destin. Ou peut-être, ai-je pensé, en a-t-il assez de la médecine, des diagnostics, de ce regard porté sur la maladie avec sa fichue marge d'erreur. Et j'ai pensé aussi que, s'ils ne s'attardaient pas à mon chevet, tous les deux, c'est qu'ils avaient l'Hérault et seulement l'Hérault en tête, les vacances dans l'Hérault comme un horizon où ce n'était pas tant leurs problèmes qui se régleraient qu'une date qu'ils atteindraient, la fin des vacances, donc, un point de non-retour au-delà de quoi tout serait consommé, en tout cas j'ai pensé qu'ils voyaient ces vacances et en particulier la fin de ces vacances comme une limite, qu'ils étaient pressés d'atteindre. Avec Georges et moi, donc, et désormais sans William, et malgré le vide que laisserait William, à propos duquel je n'ai pas rappelé que c'était à cause de lui qu'on avait choisi l'Hérault et en tout cas la France, sans William, par conséquent, mais devant témoins, me suis-je dit, ou simplement en groupe, pour des raisons qui restent à éclaircir. Et c'est peut-être d'ailleurs notre groupe qui éclaterait à la fin de ces vacances, peut-être que ce qu'ils veulent c'est ça, me suis-je dit, que tout ça explose et que la page se tourne. Peut-être qu'ils veulent vieillir, me suis-je dit encore, que la vie fiche le camp avec tout le reste, l'amitié et l'amour, ou le semblant de l'amitié et le semblant de l'amour, et le soleil de l'été avec ce qu'il cache, en tout cas jusque-là pas question de s'attarder, ai-je pensé qu'ils pensaient, pas question de tenter quoi que ce soit qui puisse nous faire avancer ensemble, discuter, s'ouvrir, non. J'ai trouvé Paul et Louise fermés, ce jour-là, composés, factices, retenus, et j'ai laissé le sourire de Louise là où il était, tout au fond de son regard, comme s'il y tombait comme William et moi, en arrière, sans possibilité de rattrapage. Je ne savais plus du reste s'ils s'aimaient, tous les deux, si finalement ils cherchaient encore à s'aimer, ou s'ils voulaient se quitter convenablement, maladroitement et trop tard, certes, mais convenablement, quoique en groupe, ai-je pensé, je butais toujours sur cette histoire de groupe, et soudain j'ai eu une illumination, je me suis dit que s'ils voulaient poursuivre jusqu'aux vacances, et avec nous, c'est tout simplement qu'ils nous aimaient, Georges et moi, et William, bien sûr, mais même Georges et moi seuls, à présent, qu'ils nous aimaient du moins en vacances, ou qu'ils nous appréciaient en vacances, du moins, et qu'ils ne voulaient pas renoncer à ces vacances, tout bêtement, avec moi et Georges, y compris dans leur situation, et je suis resté sur cette idée un certain temps après leur départ. Trois jours plus tard, je sortais. Je n'avais pas pu empêcher Agnès de venir, elle avait insisté, et nous étions là à traverser le hall, maintenant, comme j'avais fait avec William et avant lui avec Georges, et à parler d'elle, elle venait encore de rencontrer quelqu'un, elle me l'avait appris quand elle était venue m'apporter mes affaires à l'hôpital, et elle était, comme elle me l'avait dit, au bord d'être heureuse, ce qui m'avait inquiété, comme je l'ai dit, bien que je lui eusse fait observer qu'être au bord d'être heureuse c'était peut-être être heureuse, déjà, sachant comme le bonheur s'identifie mal, lui avais-je dit, qui gît plus dans l'appréhension qu'on en a que dans la sensation qu'on en retire, laquelle passe si vite qu'on doute de l'avoir éprouvée, qu'on oublie de l'avoir éprouvée, de sorte qu'on imagine qu'on l'éprouvera plus tard, quand elle s'installera suffisamment, alors qu'elle ne s'installe pas, que je ne me souvenais pas personnellement de l'avoir jamais vue s'installer. Moi non plus, m'a dit Agnès, mais ce type est tellement gentil et fin, a-t-elle ajouté, tu me trouves ridicule ? Non, ai-je dit, absolument pas, je suis content pour toi, même, et d'ailleurs l'important c'est de se sentir vivre, ai-je estimé, et j'ai l'impression que c'est ce que tu me dis, là, que tu te sens vivre. Pas exactement, m'a dit Agnès, comme nous sortions de l'hôpital à la recherche d'un taxi, là aussi en ce qui me concernait avec une impression de déjà-vu, pas exactement, je te l'ai dit, je me sens plutôt au bord de ça. Ah, ai-je dit, ce n'est pas tout à fait ce que j'ai compris, tu m'avais parlé du bonheur, pas de la vie, je ne suis pas sûr que ça ait à voir. En fait, je me sens au bord des deux, m'a dit Agnès, de vivre et d'être heureuse, ou alors je me retiens de me sentir vivre parce que j'attends le bonheur pour ça, je ne sais pas. Tu le revois quand ? ai-je demandé. On n'a pas fixé de rendez-vous, a-t-elle dit, mais je peux te montrer une photo. Il t'a donné une photo ? ai-je dit. Oui, a dit Agnès. Écoute, ai-je dit, ça ne me paraît pas raisonnable, qu'est-ce qu'il fait dans la vie, ce type ? Il peint, a dit Agnès. Il peint quoi ? ai-je dit. Je ne sais pas, a dit Agnès. Il a un atelier ? ai-je demandé. Je ne sais pas, a répété Agnès dans le taxi qui nous emmenait rue Alphonse-Bertillon, je l'ai vu chez moi, on n'a pas parlé de ça. Vous avez parlé de quoi ? ai-je dit. J'ai mal à la tête, ai-je ajouté, il faut que je prenne quelque chose, ils m'ont laissé du Nurofen mais je n'ai pas d'eau. On va demander à monsieur de s'arrêter devant une épicerie, a dit Agnès. Cinq minutes après, le taxi s'est arrêté devant une épicerie. Agnès est descendue. Personnellement, je n'y crois pas trop, au Nurofen, m'a dit le taxi. Et vous croyez à quoi ? lui ai-je dit. À rien, m'a répondu benoîtement le taxi, avec qui je n'ai pas eu le courage de poursuivre cette conversation. Agnès est revenue avec une petite bouteille et j'ai avalé deux comprimés de Nurofen. Alors, ai-je dit, vous avez parlé de quoi ? De tout et de rien, de plein de choses, a dit Agnès, mais pas de son atelier ni de sa peinture, il m'a juste dit qu'il peignait et je n'ai pas osé le relancer, je n'y connais rien en peinture, le reste du temps on a fait l'amour, on n'a pas fermé l'œil de la nuit. Bon, ai-je dit, c'est peut-être moi qui m'inquiète pour rien, est-ce que tu peux venir chez moi et ne pas repartir tout de suite, est-ce que tu as un peu de temps ? lui ai-je demandé comme le taxi arrivait rue Alphonse-Bertillon. C'est ta tête ? a dit Agnès. Non, ai-je dit, je voudrais te parler de quelque chose, c'est relativement urgent, ai-je insisté, et j'ai réglé le taxi.

Quand on a été chez moi, avec Agnès, elle s'est préparé un café et je lui ai révélé l'existence de Roberta Giraud ainsi que le fait qu'elle attendait un enfant de moi. J'ai senti Agnès déstabilisée, peut-être surtout parce qu'il y avait entre elle et moi une manière de lien filial, et qu'alors elle s'est vue menacée dans ce lien, en tout cas sa réaction ne m'a pas aidé à y voir clair. Comme moi, elle a parlé de tests, a posé la question de savoir si Roberta Giraud était réellement enceinte, à quoi j'ai répondu qu'à l'évidence oui, et que de toute façon l'hypothèse d'un mensonge de Roberta Giraud était à exclure, sachant qu'on ne fait pas semblant d'être enceinte, ai-je dit, on fait seulement de temps en temps mine qu'on ne l'est pas pour dissimuler qu'on l'est. Quant au fait qu'elle pouvait être enceinte d'un autre, Agnès a été moins convaincue que moi que Roberta Giraud ne l'était pas, de sorte que j'ai dû insister pour la persuader qu'elle ne l'était pas, et j'ai dû y parvenir dans la mesure où j'en étais persuadé moi, c'est en tout cas ce que je lui ai dit. Agnès, de son côté, avait désormais, pour intégrer tout ça, le même chemin à faire que moi, qui ne l'avait pas même entamé. Il n'est pas exagéré de dire qu'à cet égard on était embarrassés tous les deux par cette nouvelle, et qu'on ne progressait pas, donc. Agnès s'est reversé une tasse de café et j'ai essayé de prendre le problème par un autre bout, j'ai imaginé que l'enfant naissait, si bien qu'Agnès a pu me dire que j'allais trop vite, que la question de l'accompagnement se posait d'abord, en tout cas qu'elle se la posait, elle. Je suis d'accord, ai-je dit, il y a le problème de l'accompagnement, déjà. J'ai ajouté que Roberta Giraud attendait de ma part une présence diffuse, qu'elle n'avait même pas l'air pressée de me voir, que de toute façon elle voulait élever l'enfant seule. Ou presque, ai-je précisé. Ça faisait un moment qu'avec Agnès on n'avait pas parlé si longtemps de moi, de ma vie, pour la raison que la sienne était plus prenante. Et elle l'était toujours, je voyais bien que l'aventure qu'elle vivait avec ce type prétendument gentil et fin, et qui peignait dans un éventuel atelier des toiles dont elle ignorait la facture, l'empêchait d'être complètement à ce que je disais. Au final, Agnès n'a pas réussi à m'aider, ce qui est d'ailleurs normal, ai-je songé, il n'y a que moi qui puisse m'aider, et du reste, ai-je pensé encore, même si on s'y mettait à plusieurs, la question qui se pose est en vérité sans fond, à quoi il n'y a aucune vraie réponse, aucune en tout cas qui soit susceptible de ménager le bien-être des trois personnes concernées. Et je me suis enfermé dans ma tête avec cette histoire de trois personnes, j'ai eu ce trio dans la tête pendant qu'Agnès était là et après son départ. C'était comme si, en fait, de m'en être ouvert à quelqu'un m'avait fait entrer de plain-pied dans la réalité, comme avec la mort de William, me suis-je souvenu, quand nous avions failli en parler avec Georges et que nous nous étions tus mais que le mal était fait, William était bien mort une seconde fois. Il ne faudrait parler de rien, me suis-je dit, et surtout ne penser à rien, surtout moi en ce moment, j'ai besoin de repos. C'est alors, après que je me fus fait réchauffer une barquette au micro-ondes, et quand j'ai eu congédié Agnès en la remerciant, que Roberta Giraud a appelé pour s'étonner que je ne sois pas venu la voir. Ça faisait en effet dix jours qu'il avait été question que je passe la voir dans une semaine chez elle, du côté de la Nation, et je n'étais pas venu, je ne lui avais même pas fait signe. Je lui ai expliqué ce qui m'était arrivé, ainsi qu'à William, dont je lui révélais le prénom et la mort, et que je sortais juste de l'hôpital. C'était intéressant, pour moi, cette situation, parce que Roberta Giraud a témoigné à mon égard d'une sollicitude qui, à première vue, n'avait pas de rapport avec nos affaires, et en même temps si, évidemment, c'est ce que je me suis dit tout de suite après qu'elle m'a eu proposé, elle, de passer me voir. Je n'ai pas voulu, je lui ai expliqué que j'avais toute ma mobilité et que, comme prévu, c'est moi qui passerais chez elle. Je ne lui ai pas demandé de nouvelles de son état, toujours pour les mêmes raisons, je voyais déjà l'enfant se former dans son ventre et dans ma tête, avec son petit visage en préparation, et je ne voulais pas contribuer à le faire évoluer à coups de questions ni même de mots, sur ce point je me suis montré peu loquace, j'ai fait comme si je n'insistais pas lourdement sur ce qui nous liait, Roberta et moi, et que tout ça eût été implicite. Quand je suis passé la voir, j'ai constaté que ça l'était. On a parlé de tout et de rien, et prioritairement de ma santé, qui n'était pas si mauvaise. Roberta Giraud m'a tout de même fait observer que j'avais l'air fatigué, et elle s'est intéressée à mon suivi. Je me suis senti mal à l'aise, le trajet jusqu'à chez elle m'avait épuisé, j'ai oublié de préciser que j'étais en arrêt de travail avec des recommandations strictes, pas d'efforts brusques, sorties limitées, exercices de mémoire pour vérification. Roberta Giraud vivait dans un petit appartement clair qui donnait sur la place de la Nation, bien que légèrement en retrait, de sorte qu'elle avait, comme on dit, de la vue et peu de nuisances sonores. De temps à autre, quoique nous parlions d'autre chose, elle se touchait le ventre, discrètement, et je n'ai pas réussi à la juger sournoise. Je lui ai quand même demandé si ça allait, comme s'il s'agissait d'une question globale, et elle a hoché la tête avec un demi-sourire que je n'ai pas aimé. Son appartement était encombré d'objets, il y avait chez elle un nombre d'objets impressionnant, en tout cas qui m'a impressionné, parce que j'avais peu à peu tout jeté chez moi à partir du moment où j'avais atteint le stade de Roberta Giraud, j'avais accumulé comme elle et un jour j'avais commencé à trier. De tri en tri, je m'étais aperçu que je ne tenais à rien, ou que je ne voulais plus tenir à rien, en tout cas j'avais constaté très vite que, ce que j'avais jeté, j'avais oublié que je l'avais jeté, et surtout je n'achetais plus rien, aucun objet qui n'eût pas d'utilité pratique. Roberta vivait donc avec ses souvenirs et je lui ai demandé pour alimenter la conversation si elle y tenait, elle qui n'avait pas peur de la mort n'aurait pas dû tenir au passé, n'est-ce pas, pas plus que moi mais même encore moins que moi qui la craignais, la mort, en tout cas qui ne m'y faisais pas, je l'attendais donc un peu au tournant quand même, de ce côté, et elle a répondu qu'elle ne tenait à rien, elle non plus, que c'était de la paresse, plutôt, et que, du reste, elle envisageait prochainement de faire le vide. Or qu'elle ne tînt à rien me semblait finalement logique, mais qu'elle voulût faire le vide m'évoquait la place qu'elle envisageait de faire à l'enfant, et cette idée ne m'était en rien agréable bien qu'explicitement ni même allusivement elle ne l'eût pas évoquée. Comme j'étais fatigué, la question de faire l'amour avec elle ne s'est pas posée, que ni elle ni moi apparemment nous ne nous posions, et, quant à la tendresse, rien non plus, aucun geste ne nous est venu, de sorte que j'ai pensé que nous nous acheminions vers une manière d'entente cordiale. J'ignore si elle trouvait ça sinistre et si moi je trouvais ça sinistre, apparemment et curieusement non, après réflexion, ni elle ni moi n'avions l'air spécialement abattus par la pensée que nous semblions nous entendre cordialement. Peut-être était-ce dû, pour ma part, au fait que Roberta Giraud ne parlait pas ou du moins ne parlait plus de l'avenir, ne formulait aucun projet où je fusse impliqué ni aucun où elle l'eût été seule, et bien sûr je me suis demandé si ce n'était pas plus inquiétant encore, si ça ne signifiait pas que l'avenir était là, déjà, dans cette entrevue avec Roberta Giraud, si nous n'étions pas, déjà, Roberta Giraud et moi, d'accord sur quelque chose puisque nous ne nous affrontions pas, puisque nous étions détendus, et alors, me suis-je dit, ça y est, nous y sommes, Roberta Giraud et moi sommes en train de nouer un vrai lien, et c'est cela qui devrait être sinistre, cette avancée commune et cordiale dans le non-dit, avec à l'arrière-plan cet enfant dont elle sait que je ne sais que faire et qui n'a même pas droit à nos mots, puis j'ai pensé que non, et que je devais me souvenir, d'abord, de penser le moins possible. D'ailleurs, Roberta Giraud ne semblait pas non plus se donner la peine de penser, elle était détendue, elle, et j'ai décidé, peut-être un peu rapidement, que je pouvais l'être aussi. Je ne me suis plus posé de questions, je me suis même autorisé à penser qu'il n'y en avait pas, que c'était la vie qui allait ainsi, que nous avancions Roberta Giraud et moi parallèlement l'un à l'autre, sans heurt. Ou alors elle m'endort, me suis-je dit. Elle m'endort avec son calme, et ce calme est joué. À un moment, je me suis approché de la fenêtre pour, tout en causant, observer la vue sur la place, avec l'une des deux colonnes dont je n'ignorais pas qu'elles s'érigent du côté ouest, avec l'une des deux, donc, mais sans l'autre, qui se trouvait hors champ, et j'ai demandé à Roberta Giraud si ça la gênait de ne pas voir la seconde colonne, or non, ça ne la gênait pas, elle ne voyait même plus, a-t-elle dit, la colonne qu'elle était censée voir, de sorte qu'elle ne pensait pas non plus à celle qui était hors champ. Elles ont toutes les deux ce petit balcon, lui ai-je dit, je sais que l'autre a aussi ce petit balcon carré avec au-dessus cette statue, est-ce que tu sais si cette colonne est creuse, si on y monte par l'intérieur, sur ce balcon ? Non, a dit Roberta Giraud, je ne crois pas me souvenir d'avoir jamais vu personne là-haut. Et les commerces ? lui ai-je dit en me tournant vers elle. Tu fais tes courses où ? J'ai tout ce qu'il faut en bas, a dit Roberta Giraud. Ne crois pas que je ne te désire plus, a-t-elle ajouté, ce n'est pas ça, mais toi non plus, apparemment, a-t-elle observé. Je ne lui ai pas fait remarquer qu'elle venait de se contredire, j'avais conscience qu'elle évoquait le fait que nous ne nous désirions plus, simplement, et j'ai répété après elle ce n'est pas ça, comme tu viens de le dire, c'est autre chose, et j'en suis resté là pour ce qui était de cette phrase, à quoi j'ai mis une sorte de point. Autre chose quoi ? a mollement relancé Roberta Giraud. Rien, ai-je rétorqué tout aussi mollement et elle ne m'a plus relancé, j'ai cru comprendre qu'elle voulait me signifier une sorte de rupture, en tout cas sur le plan sexuel, ce qui m'arrangeait, en un sens, mais qui était superflu, Roberta Giraud et moi n'ayant jamais eu à proprement parler de relation suivie dans ce domaine, on avait fait l'amour quatre ou cinq fois, dont une de trop, apparemment, et donc il y avait de l'insincérité dans son attitude, tout comme dans la mienne, et la seule question qui s'est posée ensuite a été de savoir comment se quitter ce jour-là, en s'embrassant de quelle façon, et avec quelles perspectives pour les semaines, les mois et les années à venir. De fait, on n'a pas su. On a été maladroits. Je l'ai embrassée sur une pommette. Elle m'a dit de revenir quand je voulais. J'ai dit d'accord sur le pas de la porte, que j'ai ouverte et qu'elle n'a pas refermée derrière moi. Pendant tout le temps que j'ai attendu l'ascenseur, sa porte est restée ouverte et j'ai pensé que Roberta Giraud me faisait savoir par là qu'une solution entre nous restait à trouver et que nous devions y réfléchir, que nous avions eu en quelque sorte une entrevue de travail qui s'était révélée inféconde et que tout restait à faire. Pendant que j'attendais l'ascenseur, mon calme a disparu.

Et puis le temps s'est mis à passer de façon plus sensible. Je ne faisais pas grand-chose, le mois de mai fichait le camp, mon arrêt de travail lui donnait des allures de vacances, avec toute cette histoire de beau temps qui revient sur un fond récurrent de fraîcheur, et qui fait penser à l'autre, celui qui passe, donc, avec cette autre histoire douteuse d'enchaînement des saisons et d'allongement des jours qui paradoxalement induit le ressenti d'une accélération et réactive la perspective de l'été et par conséquent de sa fin. Du côté de Roberta, c'était le silence. J'imaginais la progression de l'enfant en l'amenant régulièrement jusqu'à la naissance, qui m'apparaissait, en dépit de sa logique, comme une incongruité. Je suis allé voir sur Internet à quel moment Roberta se mettrait à grossir de façon visible. Ça nous conduisait en juillet, époque où nous devions toujours partir, avec Paul, Louise et Georges. Quand je rentrerais, Roberta ne pourrait rien cacher et il serait difficile, dans l'hypothèse où nous nous verrions, d'aborder d'autres sujets. À moins qu'elle ne parte en août, ai-je pensé, et que nous ne nous voyions qu'en septembre, auquel cas ce ne serait difficile qu'en septembre. Resteraient deux ou trois mois, ai-je calculé, avant que ça ne devienne franchement déroutant. J'ignorais toujours ce qu'envisageait exactement Roberta, du reste. Et toujours aussi ce que j'envisageais exactement. A priori, rien, ai-je pensé. Et cependant l'enfant me tournait dans la tête, dans tous les cas, me disais-je, il s'agit d'une expérience limite, quelqu'un naît quelque part et non seulement je n'y suis pas pour rien mais de surcroît je n'y suis pas seulement pour quelque chose, j'y suis franchement pour moitié, et je n'avorterai pas, me suis-je dit, n'enfanterai ni n'avorterai, n'ai à peu près d'autre possibilité que de m'incliner devant des lois que je ne contrôle pas et de vivre, donc, avec cette ahurissante idée de l'enfant qui fatalement grandit, me suis-je dit, et finit par penser, par se poser des questions, par choisir son camp politique, et alors j'en suis comme on dit le père, et il vote, ai-je songé, ou devient un agitateur, il porte éventuellement une barbe. Tout ça en un sens me regarde, ai-je pensé. Et cependant je n'y pense pas, me suis-je dit, je ne veux rien avoir à faire avec cet anarchiste, ce militant d'extrême droite, ce converti à l'islam, ce drogué, non plus qu'avec ce médecin ou cet artiste, de toute façon je serai mort avant, ai-je conclu, et j'ai fermement pensé à mon emménagement du côté de la Seine, qui me semblait plus près de la vie, en un sens. D'ailleurs Georges m'avait appelé pour prendre de mes nouvelles, n'avait absolument pas abordé la question de l'appartement mais j'avais senti, dans ses circonlocutions, qu'il évitait de le faire en escomptant que je le fisse, et je ne l'avais pas fait, j'étais resté sur ma réserve, quand il m'avait appelé, dans le moment même où il m'appelait, j'avais senti en ce qui me concernait une sorte de frein. C'est évidemment lui qui me freinait, son incroyable singularité face à moi, son fantastique entêtement dans la séduction, son incroyable fragilité d'homme désormais seul, qui contrastait avec la mienne, d'homme anciennement seul, mais sa mèche, aussi, ai-je pensé soudainement, sa mèche qui ne m'avait jamais gêné jusqu'à présent mais qui, dans le cadre de notre cohabitation, menaçait de me rendre à peu près fou, qui lui venait sur la tempe droite, me suis-je tout à coup souvenu, coupée droit à l'horizontale, et qui par la force des choses se révélait perpétuellement instable, qu'il ramenait à intervalles réguliers sur la droite, là où elle tombait au repos. En fait, ai-je, constaté, la mèche de Georges, dont je ne me suis jamais soucié, j'ai commencé à la voir à dater de ce jour où il a pris de mes nouvelles au téléphone, sans évoquer la perspective de notre cohabitation, et c'est moi qui ai pensé qu'il attendait que je l'évoque, cette cohabitation, et qui dès lors ai pris conscience de sa mèche, et ne l'ai pas supportée. Même en vacances, me suis-je souvenu, la mèche de Georges ne m'avait jamais choqué, qu'il enfermait, il est vrai, le plus souvent sous une casquette, et, quant à Paris, je ne l'ai jamais vraiment remarquée, me suis-je dit, il a fallu ce coup de téléphone. Mais ça passera, me suis-je dit, et d'ailleurs ceci est mon choix, d'emménager au bord de la Seine, provisoirement avec Georges, sa mèche et le reste, s'il y a un engagement que je prends, c'est bien celui-là, et j'ai contacté une série de déménageurs à qui j'ai demandé des devis. J'ai choisi le plus cher, avec l'option emballage, je ne toucherais à rien, et j'ai rappelé Georges.

Il était prêt. Je lui ai donné les coordonnées de mon déménageur. Le jour même, on a pu arrêter une date, avant laquelle j'ai décidé de faire réaliser de menus travaux. On se souvient que l'appartement était un loft, dans lequel il convenait de créer des pièces. Une grande et deux chambres. J'ai donné rendez-vous à un entrepreneur de ma connaissance, il suffisait de monter des cloisons, j'en avais le droit en tant que locataire, c'était un petit chantier qu'il suffisait de défaire quand je partirais. Je me suis retrouvé avec l'entrepreneur au milieu de l'appartement de l'avenue de Versailles, sans Georges, que j'avais prévenu de ce projet et qui naturellement m'avait donné son aval. L'appartement paraissait toujours aussi vaste au centre de quoi, avec l'entrepreneur, nous avons commencé d'évoluer en faisant de grands gestes dans toutes les directions, et notamment en étendant les bras à l'horizontale de chaque côté du corps pour figurer des lignes de partage. J'avais la sensation, quand je lui tournais le dos, que la statue de la Liberté m'observait du coin de l'oeil, qu'elle se demandait si j'allais m'habituer à elle, ou elle à moi, plutôt, j'avais vraiment ce jour-là l'impression d'une présence, et j'avais évidemment conscience du problème persistant de la voie rapide, à laquelle je m'efforçais de ne pas prêter attention, l'idée au demeurant étant de vivre les fenêtres fermées et de n'ouvrir, quand il ferait chaud, que du côté de l'avenue de Versailles quand on se tiendrait côté Seine et inversement, sachant que, n'étant pas incarcéré dans l'appartement, je pouvais à tout instant en sortir pour m'immerger dans le bruit de l'avenue de Versailles, à la terrasse des Ondes, par exemple, et non plus le subir de l'intérieur, comme une intrusion. De toute façon, pour l'instant, les fenêtres étaient fermées et, avec l'entrepreneur, qui affectait du reste d'ignorer parfaitement la présence de la voie rapide ou qui à tout le moins semblait considérer que les questions d'urbanisme dépassait ses compétences, nous avons décidé d'un agencement harmonieux, qu'il a fixé sur une feuille de papier où, tout à coup, découvrant les cases correspondant aux pièces, j'ai pris conscience qu'il serait peut-être prudent d'en prévoir une de plus. Il est intéressant de noter, me suis-je dit, que c'est sur plan, en quelque sorte, que resurgit l'image à la fois floue et préoccupante de cet enfant qu'on attend de moi ailleurs, mais c'est ainsi, elle resurgit, me suis-je dit, et, après tout, il ne s'agit que d'une cloison, qui pourra délimiter un bureau, j'imagine, et je me suis demandé si Georges aurait besoin d'un bureau, ou moi, à quoi j'ai objecté que je n'avais personnellement pas besoin de bureau, pour Georges je ne savais toujours pas, pourquoi pas un dressing, alors, me suis-je dit. L'entrepreneur était un gros homme blond, d'une blondeur à l'évidence entretenue, que j'avais déjà fait venir dans l'appartement de la rue Alphonse-Bertillon pour remettre aux normes mon électricité, et qui passait ses vacances au Touquet, chaque année, et qui m'en reparlait, ce jour-là, tout en déroulant son mètre et en prenant des notes. Je ne connaissais pas Le Touquet et je savais que l'entrepreneur, tout doucement, l'air de rien, en évoquant ses vacances, m'encourageait depuis le début à me rendre au Touquet, à aller voir ce qu'il en était du Touquet, il en parlait comme d'une destination majeure, vaguement indigné, m'a-t-il semblé, que je n'eusse pas encore comblé cette lacune. Ce à quoi, de fil en aiguille, pendant qu'il prenait ses mesures, j'ai fini par m'engager sous la forme d'une promesse. Je savais, au demeurant, que je ne me rendrais jamais au Touquet, peut-être justement parce que l'entrepreneur insistait tellement et semblait si emballé que je serais forcément déçu, sans parler du nombre de blonds entretenus qu'on risque de trouver là-bas, me suis-je dit, et, quand j'ai pris conscience que je venais ainsi de lui mentir, j'ai constaté également qu'une gêne s'installait dans nos rapports, notamment quand nous avons abordé la question du prix. Il ne m'en a pas donné un tout de suite, ce qui n'était pas dans ses habitudes. Je n'ai pas essayé de lui en arracher un, j'ai dit que j'étais d'accord pour qu'il m'envoie un devis. Il était par ailleurs réellement très blond, anormalement blond, et il m'avait toujours été difficile de m'en abstraire dans les conversations que j'avais eues avec lui, songeant chaque fois que j'avais affaire à quelqu'un qui forcément cachait quelque chose, et surtout ne parvenant jamais, dans ces conditions, à réellement écouter ce qu'il disait. C'était assez différent, cela, de ce qui pouvait se passer avec la mèche de Georges, qui risquait de m'agacer, quand la blondeur de mon entrepreneur, elle, ne faisait, en somme, que me fasciner et m'interroger. Mais enfin, indépendamment de sa blondeur, ses travaux jusqu'à présent avaient résisté au temps et je continuais de me fier à lui. J'ai du reste finalement envisagé, quand il m'a eu quitté, de me rendre un de ces jours au Touquet pour en avoir le cœur net. Deux semaines plus tard, fin mai, nous emménagions, Georges et moi, mais, auparavant, le lendemain de mon rendez-vous avec l'entrepreneur, j'ai répondu à l'invitation de Paul d'aller prendre un verre que nous lèverions à la mémoire de William, avec Louise et Georges. Paul, au téléphone, avait pédagogiquement insisté sur le fait que, comme je n'avais pas été présent à l'enterrement, ni lui et Louise présents auprès de moi à l'hôpital en même temps que Georges, je n'avais pas eu l'occasion de pleurer William avec eux trois, et que la mort de notre ami, en quelque sorte, outre le désastre qu'avait constitué le protocole des obsèques, s'était trouvée dispersée dans nos consciences, divisée et, dans le fond, injustement atténuée. J'étais parfaitement d'accord avec cette analyse, bien que l'écart de temps entre le rendez-vous que proposait Paul et la mort de William me semblât risquer de compromettre le rendu d'un tel geste, et d'un autre côté non, m'étais-je dit, c'est un peu comme aller sur sa tombe, et du reste pourquoi n'y allons-nous pas, mais je ne l'avais pas suggéré à Paul pour l'excellente raison que je n'y avais pas pensé tout de suite. Je n'y ai pensé qu'après son appel et je n'ai pas voulu le rappeler pour ça. De toute façon, si j'avais bien compris, le cimetière était pour tous un mauvais souvenir, William avait été mal enterré, et ce n'était peut-être pas sur sa tombe que nous éprouverions le mieux les choses. Paul avait proposé qu'on se retrouve le samedi qui venait dans un café près de chez eux, à l'heure du thé, pas de déjeuner, par conséquent, ni de dîner, de façon que notre petite réunion ne fût pas trop formelle non plus, et le samedi, donc, j'ai pris le chemin de la place de Clichy, en contrebas de laquelle, dans le neuvième, habitaient Paul et Louise. Je suis arrivé le premier au café à l'angle que fait une rue calme avec une rue passante, qui descend en trombe vers la Trinité, et je me suis installé dehors, le temps était doux, du côté de la rue calme. J'ai constaté qu'en dépit du bruit de la rue passante le côté de la rue calme, qui héritait fatalement du bruit de la rue passante, paraissait moins bruyant, une illusion, me suis-je dit, et néanmoins ça marche. J'ai repensé à l'avenue de Versailles et à l'absence, là-bas, de tout côté calme à l'exception de la rue Eugène-Poubelle, située en retrait, bien qu'elle débouche à l'une de ses extrémités, qui est très rapprochée de l'autre, sur la voie rapide et à l'autre, donc, sur l'avenue de Versailles. Je me l'imaginais toutefois calme, cette rue, et j'ai commencé à réfléchir de façon plus approfondie sur cette notion de calme, en l'absence de vrai calme, décidant finalement que la rue Eugène-Poubelle était *plutôt* calme et me demandant, dans la mesure où aucune de mes fenêtres ne donnait sur elle, de quelle façon je pourrais récupérer ce relatif calme-là, par quel subtil système d'importation ou d'annexion mentale, quand Louise est arrivée et m'a sorti de mes réflexions. Elle portait un jean et un pull fin, dont je me suis demandé, comme elle semblait le porter à même la peau, s'il grattait. C'était la première fois que je la voyais sans Paul, en dehors de nos vacances. Je l'avais toujours associée à Paul, et j'avais toujours associé à Paul sa sorte de beauté, grave et souriante, ainsi que la grâce de ses gestes, même en vacances, quand elle se montrait sans Paul, comme si elle n'avait été ce qu'elle était qu'avec Paul, avec la présence proche et même lointaine de Paul, et que sans lui elle eût été légèrement différente. En fait, je ne l'avais jamais imaginée sans lui, je n'avais pas la moindre idée de ce qu'elle aurait pu être sans lui, et du reste j'étais persuadé depuis longtemps qu'on n'est ce qu'on est qu'avec les autres, que sans les autres on n'est rien, qu'on n'a même pas de visage, il suffit de se voir dans une glace pour s'en convaincre, celui-là n'est pas nous, ne nous parle pas, s'éloigne sous ce regard qui n'est plus le nôtre dès lors qu'on le croise. Dans les instants où elle m'a rejoint, donc, Louise n'était plus la même et cependant j'ai constaté qu'elle existait, qu'elle parlait de surcroît de la même voix qu'avec Paul, mais dotée d'une résonance différente, et, quand elle m'a demandé comment j'allais, j'ai dû recoller ses mots avec sa voix, me dire que ses mots étaient bien les siens, sortaient de sa bouche et m'étaient destinés, à moi qui étais également sans Paul, à ce moment, et qui étais moi devant elle. En fait, nous étions neufs, ce jour-là, elle et moi, et ça n'avait pas de rapport avec les moments que j'avais ponctuellement passés seul avec elle en vacances, où les vacances étaient là, en somme, en toile de fond, il n'y avait pas ce jour-là de toile de fond, la mort de William n'en était pas une, pas encore puisque les autres n'étaient pas là, et de toute façon Louise venait de me parler de moi, pas de William, et je me suis mis moi aussi à exister devant elle, c'était une impression presque dérangeante, une sensation de vie dont je n'ai pas su quoi faire. J'ai répondu que j'allais bien, que je me remettais bien, pas de trous de mémoire, apparemment – Louise s'était assise face à moi, un peu de biais sur sa chaise, comme si elle passait, après m'avoir embrassé – et, sans plus m'attarder sur mon cas, je lui ai demandé comment elle allait elle, sachant que ma question risquait d'être indiscrète, mais la posant tout de même en étant conscient qu'à partir de là Louise avait le choix de la composition ou de la sincérité, aucune de ces deux options ne me paraissant réellement confortable. Louise m'a répondu que ça allait dans un demi-sourire que je n'ai pas été capable d'interpréter, et j'ai enchaîné platement sur son atelier, dont elle sortait visiblement, elle avait de la teinture bois sur les ongles, or je n'ignorais pas qu'elle n'aimait pas ce travail, ou pas assez, en somme j'ai commencé à vouloir nourrir une conversation sur des bases fragiles, et Louise là-dessus n'a pas renchéri, elle s'est contentée de hocher la tête avec un regard inexpressif. Je m'en suis voulu de ne pas savoir quoi lui dire de plus. C'était également la première fois que j'éprouvais une gêne de ce genre avec elle, gêne que j'ai attribuée au fait que, en dehors de Paul, nous ne nous connaissions pas. Je me suis souvenu d'elle en vacances, toutefois, arrivant seule sur la plage où je me trouvais déjà, ou que je croisais le matin dans un couloir dans un long T-shirt à inscription, mais d'aucun échange significatif, en revanche, excepté en ce qui concernait le temps, presque invariablement beau et qui nous fournissait matière à quelques remarques lyriques, et je me suis demandé si cette gêne, que j'éprouvais maintenant, je ne l'avais pas déjà éprouvée en sa présence, au fond, en vacances, mais de cela aucun souvenir ne me revenait qui fût assez précis pour s'agréger à ma gêne actuelle, dont je n'ai réussi à sortir qu'en parlant de nouveau de moi. Je vais déménager, ai-je dit, et je connaissais bien cette situation, où l'on finit par se livrer pour remplir des blancs, la conscience qu'elle éveille d'une disproportion, d'une dépense excessive, non que ma confidence fût particulièrement intime, il s'agissait plutôt d'une anecdote, mais enfin elle me concernait et j'ai compris que Louise allait me relancer, cette fois, et que je devrais en dire plus, encore plus face à cette femme qui me resterait opaque, étrangère, et qui se révélerait même intrusive, me suis-je dit, si je n'y mets pas bon ordre, heureusement ou malheureusement Georges arrivait, qui débouchait de la rue passante, comme surgi du bruit, et qui embrassait Louise, me serrait la main et tirait une chaise à lui. Sur quoi est apparu le serveur, qui nous a demandé ce qu'on voulait boire, et on s'est regardés tous les trois, l'air de s'interroger sur la question de savoir si on attendait Paul, et c'est Louise qui la première a commandé. Georges et moi on a enchaîné, et le serveur est parti en nous laissant tous les trois face à face avec la petite confidence que je venais de faire à Louise, dont je me suis demandé si elle allait maintenant me relancer devant Georges ou au contraire passer à autre chose, puisque notre groupe commençait à se former. Jean déménage, a tout de suite dit Louise à Georges, comme si elle utilisait le même procédé que moi avec elle, parler à quelqu'un d'autre chose qu'elle, finalement, et je me suis dit que par rapport à lui elle éprouvait peut-être la même gêne, qu'elle ne le connaissait pas davantage sans Paul, qui, du reste, n'arrivait toujours pas. Il est au courant, suis-je intervenu, il déménage aussi, ai-je enchaîné avec une malice jouée, il emménage d'ailleurs avec moi. Je ne vous en ai pas parlé, à toi et à Paul, a dit Georges à Louise, c'est une idée qui nous est venue récemment, à Jean et à moi. C'est provisoire, évidemment, ai-je dit. Évidemment, a dit Georges. Et vous emménagez où ? a demandé Louise sans malice aucune, elle. Ah, ai-je dit. Vers la Maison de la Radio, a dit Georges, au bord de la Seine et de la voie Georges-Pompidou. Vous vous souvenez qu'il fumait à la télévision ? a dit Louise. Qui ça ? ai-je dit, ah oui, ai-je ajouté, je me souviens de ça. Je m'en souviens aussi, a dit Georges. Et toi, alors ? a-t-il demandé à Louise. Et j'ai compris, de nouveau avec un petit temps de retard, qu'il lui demandait à son tour, avec la même prise de risques, des nouvelles d'elle. Ça va, a dit Louise, on se sépare doucement avec Paul, on prend le temps qu'il faut, tout va bien, en fait. Ah, a dit Georges. On se sépare quand même, a dit Louise. D'accord, a dit Georges, qui ne savait plus sur quel pied danser, non plus que moi, qui me faisais la réflexion qu'à Georges Louise avait tout de même dit à peu près la vérité alors qu'à moi à peu près rien. Il ne vient pas, Paul ? ai-je dit, quoique je me fusse plus volontiers tu pour rentrer dans mon trou. Si, a dit Louise, il va venir, il est passé à son cabinet. On ne se connaît pas tellement, tous les trois, a-t-elle ajouté. On ne s'est jamais beaucoup parlé. Je ne trouve pas, a dit Georges. Ça dépend de ce qu'on entend par connaître, ai-je dit courageusement. Je veux dire qu'on ne sait pas vraiment ce qu'on vit, a dit Louise. Ce que les autres vivent. Ce n'est pas tout à fait vrai, a dit Georges. Vous êtes au courant pour Christine, par exemple. Ça, c'est les choses saillantes, a dit Louise. Je parlais des choses souterraines. Par exemple ? a demandé Georges. L'âge qu'on prend, a répondu Louise, l'idée qu'on se fait de soi, la sorte de chemin qu'on suit, et j'ai remarqué pour la première fois qu'elle avait un soupçon de vert dans le regard, il m'avait fallu tout ce temps pour le voir. Ça t'attriste ? a dit Georges. Pas exactement, a dit Louise. Et vous ? Georges a hésité, il m'a regardé et j'ai dit de nouveau courageusement que ça faisait longtemps que je ne m'attristais plus, peut-être parce que j'avais commencé à m'attrister il y avait bien longtemps de ça, maintenant, et qu'à force tout se perdait dans les origines, à la préadolescence, et qu'ensuite il n'y a plus qu'à tenir, à voir des films, à aimer, ai-je ajouté en me mordant les lèvres. Enfin, ai-je conclu, je me comprends. Pas si gai, tout ça, a observé Georges. C'est vrai, est intervenue Louise, tu n'es pas gai, Jean. Ça dépend, ai-je dit et je me suis senti pétrifié devant elle, mais j'ai surtout tenté de le cacher à Georges. Là-dessus, Paul est arrivé par la rue passante et, en même temps que lui, par la rue calme, de manière parfaitement inattendue, Agnès, qui passait donc par là et dont j'ai espéré quelques secondes qu'elle ne nous verrait pas, pas au moment qu'on allait se retrouver tous les quatre pour des raisons qui lui étaient à peu près étrangères. Mais elle m'a vu, on s'était levés Georges et moi pour saluer Paul et elle s'est arrêtée face à notre groupe, sur le trottoir d'en face, et Georges l'a vue s'arrêter et regarder dans notre direction juste après avoir serré la main de Paul, qui instinctivement s'est retourné et a vu également Agnès, sans parler de Louise qui, alertée par notre manège, la regardait maintenant aussi, de sorte que je me suis efforcé de ne pas être absolument le dernier à l'apercevoir. J'ai croisé son regard, en gros, en même temps que tous les autres, et alors il restait à Agnès la possibilité de me faire signe et de reprendre son chemin ou de traverser la rue pour nous rejoindre, ou en tout cas venir m'embrasser, ce qu'elle a entrepris de faire, m'embrasser ou nous rejoindre, je ne savais pas encore, après la sorte d'encouragement que je me suis senti obligé de lui signifier par un hochement de tête vers le bas et vers la gauche, et non vers le haut face à moi, ce qui eût constitué, comme on sait, un salut en forme de congé. Elle est venue vers moi, m'a embrassé et je l'ai présentée aux autres, Agnès, ai-je dit, une amie, et je lui ai présenté les autres. Il restait à lui proposer ou non de s'asseoir avec nous, ce que j'ai hésité à faire, et, comme personne ne semblait se décider, c'est Louise qui le lui a proposé, j'aurais préféré pour elle que c'eût été Georges ou Paul, encore que. Merci, a dit Agnès, mais je n'ai pas trop le temps, et, sur le regard que Louise lui lançait, encourageant, souriant : juste un verre, alors. Elle s'est assise et, ici, il y avait deux possibilités, qu'elle fasse une remarque du genre Jean m'a beaucoup parlé de vous, et donc, comme ça, c'est vous, remarque que les autres ne pouvaient guère formuler à son endroit puisque je ne leur avais jamais parlé d'elle, l'autre possibilité étant que les autres lui posent des questions sur son identité, éventuellement sur l'ancienneté du lien qu'elle avait avec moi, mais il ne s'est d'abord rien passé de tout ça. Agnès, presque après s'être assise, a esquissé le mouvement de se lever. C'est idiot, a-t-elle dit, je vous dérange, une autre fois, peut-être, et j'ai vu en même temps que les autres que son teint se brouillait, j'ai craint une montée de larmes ou en tout cas une détresse, peut-être justement parce qu'on était devant elle et qu'on n'avait pas l'air dans l'instant de toucher en ce qui nous concernait le fond du malheur, alors qu'elle, contrairement à ce qu'elle m'avait laissé entendre, n'allait plus si bien que ça, et donc j'ai dit non, reste un peu, tu ne nous déranges pas, ça va ? Mais oui, a-t-elle dit, mais oui, excusez-moi, a-t-elle ajouté. Mais de quoi ? a dit Louise. De rien, a dit Agnès, qui s'est efforcée de se reprendre. Je connais Agnès depuis six ans, ai-je dit pour donner le change, on s'est rencontrés sur une plage. Ah oui ? a fait Georges. Oui, ai-je dit, et Agnès a prononcé trois mots sans trop de résonances, on a parlé de choses et d'autres, sans évoquer à aucun moment William, et je me suis demandé si on l'aurait fait en l'absence d'Agnès, peut-être pas, ai-je pensé, on peut se retrouver après la mort d'un ami sans parler de cet ami tout en ayant conscience qu'on est là pour lui, et je me suis aussi fait la réflexion qu'avec Paul, Louise et Georges on était là, au lieu de pleurer un mort, à accompagner une vivante, et que, comme activité de groupe, ça se défendait. Louise a posé à Agnès des questions pas trop orientées, et, comme Agnès était l'élément extérieur et qu'elle allait visiblement plutôt mal, Paul, Georges et en dernier moi on y est allés de notre sollicitude, et surtout on a centré la conversation sur elle, sans la heurter, bien sûr, en abordant notamment sa situation sociale, Paul a fait une remarque sur la chaîne de confiserie dont elle gérait la communication, il la connaissait, a même été capable d'en citer une concurrente, quand ni Georges ni Louise, eux, ne connaissaient la moindre chaîne de confiserie, de chocolaterie, oui, de confiserie, non, encore que la frontière entre les deux soit loin d'être étanche, et, comme Agnès a estimé qu'on n'allait pas gloser interminablement là-dessus, elle s'est arrangée pour changer de sujet, a renvoyé la balle, chacun y est allé de son métier à défaut de sa vie, Agnès s'est mise à écouter, à faire comme si ses problèmes ne l'en empêchaient pas, et j'ai vu le moment où, peut-être à cause de William, qui nous habitait à l'arrière-plan et qui nous ramenait à la vie, au fond, ou en tout cas à la vérité des choses, on allait abandonner ces histoires de métiers pour parler de nos vies, donc, Georges de sa rupture et pourquoi pas Paul et Louise de la leur, et moi du temps, pour changer, mais surtout, dans cette anticipation que je faisais d'un basculement de notre conversation dans le domaine de l'intime, j'ai craint qu'Agnès n'évoque ne fût-ce qu'à mots couverts la question de Roberta Giraud, ce qu'elle n'a évidemment pas fait. Je me suis simplement aperçu que j'avais peur, les confidences aidant, qu'elle ne le fît, que je ne voulais parler de ça devant personne à l'exception d'Agnès, qui n'avait pas été prévenue de cette exclusivité, et qu'alors j'entrais ce jour-là dans le secret concernant la question de l'enfant. J'ai regardé les autres, soudain, comme une assemblée dangereuse, qui menaçait de savoir, et surtout, à partir de ce jour, j'ai commencé à me surveiller, j'ai découvert que j'avais quelque chose à leur cacher, bien que, j'espère avoir été clair, ce jour-là j'aie seulement craint qu'on n'aborde les questions personnelles, ce qui ne s'est pas fait, en définitive, notre entrevue au café avec Agnès n'ayant jamais dépassé le stade de l'anecdote, nous n'avons parlé que de nos métiers, pas du tout de William et encore moins de nos vacances, et Agnès nous a quittés avant que nous ne nous quittions. Je l'ai embrassée, je lui ai dit que je l'appellerais et nous sommes restés tous les quatre, et j'ai commencé sérieusement à leur cacher l'histoire de Roberta Giraud et de l'enfant. Il va sans dire que, dans ces conditions, l'enfant s'est mis à exister plus fort, j'ai eu la sensation que ça se voyait sur ma figure et donc je me suis crispé. À un moment, je n'ai plus pu me contenir et, je lui en demande pardon, j'ai parlé de William, j'ai dit que je pensais à William qui aurait dû être là alors que je ne pensais pas du tout à William, je pensais que je leur mentais. Ils ont tous les trois pris une tête de circonstance, même Louise, alors qu'ils n'auraient pas dû, eux non plus en cet instant précis ne pensaient pas à William, ils mentaient, et ça m'a rendu triste. Eux aussi. On était tristes de parler de William au mauvais moment et, de là-haut, ai-je pensé, William croit peut-être quand même qu'on pense à lui mais ce n'est pas sûr. Peut-être au contraire qu'il sait tout, me suis-je dit. Y compris pour l'enfant. Peut-être que les morts savent, ai-je pensé. Et Louise aussi, comme les morts. Je la devinais me voir mentir. Je me trompais, évidemment. Je savais que je me trompais. C'est peut-être parce que je la voyais seule, maintenant. Paul avait beau être là, je la voyais seule. Bon, a-t-elle dit, il faut arrêter de parler de William, on va parler des vacances, un peu. Merde ! s'est écrié Georges, comme s'il s'était empêché depuis le début d'exploser pour autre chose, qu'est-ce que vous avez avec ces vacances ? Qu'est-ce que ça peut vous faire, ces vacances, maintenant ? Rien, a dit Louise. On part, c'est tout, on a décidé ensemble de partir. Il y a aussi que j'en ai envie. J'ai envie de soleil. Et toi, Paul ? a demandé Georges sans se démonter. J'aime bien le soleil aussi, a dit Paul. Georges m'a regardé, l'air de chercher une issue de mon côté, mais je me suis contenté de lui demander, à lui, s'il n'avait plus envie de partir. Je ne sais pas, a-t-il dit. Et toi ? Moi, ai-je dit, tout me va très bien. Partir ou ne pas partir. Alors partons, a enchaîné Louise. Oui, a dit Paul. Ça sera bien. Ah bon ? a dit Georges. Arrête, Georges, ai-je dit. Qu'est-ce que tu as ? Georges a paru se calmer. Il a regardé Paul et Louise. Je préférais quand vous étiez ensemble, a-t-il dit, c'est tout. Tu es chiant, Georges, a dit Louise, vraiment, et à ce moment elle m'a regardé comme si elle venait de commettre une faute en éludant la gravité de sa rupture d'avec Paul ou en tout cas, là encore, comme si elle nous masquait l'essentiel, à Georges et à moi, sauf qu'elle répondait à Georges et qu'elle m'a fixé moi un bon quart de seconde et que ce que j'ai vu dans ses yeux était comme une question sur ce que je pensais d'elle ou encore, me suis-je dit, une question sur ce qu'elle pensait de moi qui ne disais rien et qui la regardais.

Georges est arrivé avec une camionnette. Le camion de mon déménageur était déjà garé devant l'immeuble. Georges n'avait pas pris mon déménageur ni aucun autre. Il ne déménageait pas. Il avait loué cette camionnette pour transporter un lit, une penderie, une planche et des tréteaux, quelques cartons de livres et des sacs de vêtements. Il avait laissé tout le reste dans l'appartement de Gambetta, dont j'ignorais si Christine l'avait acheté avec lui. Il ne parlait plus du tout de Christine. Il était venu avec un type, Louis, d'une autre génération qui aurait pu être son neveu et qui était son neveu. Georges avait une sœur. Louis était un garçon sympathique, bâti en force, qui faisait des études de cinéma. En charriant les cartons, il citait des films. Il y avait beaucoup de films qui, selon lui, comportaient des scènes de déménagement. Dans plusieurs de ces films, il y avait des penderies. On tentait de faire passer une penderie par un escalier, par exemple. Je lui ai fait remarquer que, pour ce qui était des escaliers, je me souvenais plutôt de pianos. Ah, les déménagements de pianos au cinéma ! s'est-il exclamé. Georges participait peu, il allait moins au cinéma que son neveu et moi. Je les ai aidés pour la penderie avec l'un de mes déménageurs, qui s'était gentiment débauché pour Georges. J'ai porté aussi quelques cartons tout en essayant de contrôler le travail de mes déménageurs, de leur indiquer les endroits où ils devaient poser les choses. Louis a fait une remarque positive sur l'appartement quand il y est entré avec le premier carton de Georges. Il a dit que c'était bien distribué. Georges, lui, n'a rien dit. Je lui ai montré sa chambre. Il n'a pas fait de remarque sur la petite pièce supplémentaire. Il n'a fait aucune remarque sur rien, il n'a même pas regardé l'appartement, en fait. Il cherchait à positionner ses deux meubles dans sa chambre. Non qu'il eût voulu définir scrupuleusement son territoire, m'a-t-il semblé. Il paraissait plutôt désireux d'en finir, de passer à autre chose. De poursuivre sa vie, peut-être. Il agissait mécaniquement. Je me suis demandé s'il était satisfait d'emménager avec moi, en fin de compte. Je me le suis demandé pour moi aussi. C'était comme si, lui et moi, on agissait sous l'effet d'une pression. Aucun de nous deux ne s'est approché des fenêtres pour voir la voie rapide. De ce côté-là, lui comme moi, j'ai eu l'impression qu'on était dans le déni. Georges m'a simplement dit, d'un mouvement de tête vers la statue de la Liberté, qu'elle était toujours là. Je n'ai pas trouvé quoi lui répondre. Louis, lui, s'est approché des fenêtres. Il est resté quand même une longue quinzaine de secondes les yeux baissés vers la voie rapide. Il s'est retourné vers nous et nous a regardés bizarrement. On n'entend pas trop fenêtres fermées, a-t-il dit comme s'il nous cachait quelque chose qu'il venait de découvrir et qui n'avait rien à voir avec le bruit. Je me suis demandé quoi mais je ne suis pas allé vers les fenêtres. J'ai donné un pourboire aux déménageurs et on s'est retrouvés tous les trois dans la partie salon, côté Seine, qui était un peu plus en longueur, maintenant, à cause des cloisons, au milieu de nos cartons et de mes meubles. Bon, a dit Louis, je ne peux pas trop rester, il faut que je ramène la camionnette. Georges l'a remercié et l'a embrassé. Quand Louis a été parti, j'ai dit à Georges que son neveu était sympathique. Georges a rétorqué qu'il l'aimait beaucoup et on a continué comme ça sur son neveu sans se croiser du regard parce qu'on se rendait bien compte que, là où on en était maintenant, on aurait peut-être dû ouvrir une bouteille de champagne ou du moins dire trois mots sur la situation. J'ai finalement fait observer à Georges qu'on avait le choix entre finir de s'installer tout de suite ou aller boire un verre aux Ondes ou même y déjeuner puisqu'il était douze heures trente. Allons faire ça, a dit Georges. On a tout laissé en plan et on est allés déjeuner. Je ne sais pas ce qui m'attend, a dit Georges devant un steak. Je ne vois pas du tout ma vie. Tu vas retrouver Christine ou tu vas rencontrer quelqu'un, ai-je dit. Ou encore tu vas enchaîner les conquêtes. Ne plaisante pas, a dit Georges. Et tu as ton travail, ai-je ajouté. Il va finir par s'arrêter, a dit Georges. Je ne me suis pas assez intéressé à l'art, je n'irai pas dans les musées, je ne lirai pas, je ne veux pas me cultiver. Tu t'intéresseras à l'histoire, ai-je suggéré, tu t'abonneras à des chaînes historiques sur le câble. Et tu pourras toujours voyager. En fait, a-t-il dit, j'ai une petite curiosité pour l'Égypte ancienne. Tu vois, ai-je dit. Tu n'as aucune nouvelle de Christine ? ai-je ajouté. Aucune, a dit Georges, et je ne l'ai pas appelée. Christine, c'est du passé. Il faut qu'on finisse de s'installer quand même, a-t-il suggéré. Tu as raison, ai-je dit, on y verra plus clair après.

On est remontés à l'appartement. Dans ses cartons, Georges avait apporté des rideaux. Il les a dépliés et m'a demandé ce que j'en pensais. Il avait l'air d'être attaché à ces rideaux. J'en ai trois paires pareilles, a-t-il expliqué. Je lui ai dit que trois paires, ça faisait beaucoup. J'ai ajouté qu'on n'avait pas de vis-à-vis. Que personnellement je n'avais pas apporté de rideaux. Qu'il pouvait en mettre une paire dans sa chambre, que pour les autres on verrait, qu'on pouvait attendre de voir. Il n'a pas insisté. On a tout mis à peu près à sa place, à l'exception de ce que contenaient encore pas mal de cartons, et vers le soir on avait réglé une partie des éclairages. La télé marchait. On s'est écroulés devant et j'ai laissé Georges jouer avec la télécommande. On a regardé une moitié de film où des gens mouraient. J'ai dit à Georges que depuis le temps qu'on mettait en scène ce genre de choses, qu'on voyait des hommes tomber avec une balle dans le cœur ou agoniser d'une manière ou d'une autre, sans compter les vrais morts chaque jour que faisait le monde, on avait l'air d'en savoir long sur ce qui se passait à ce moment-là alors qu'on ne savait rien. Mourir d'une balle dans la bouche, par exemple : on avait tout le descriptif, mais aucun vrai renseignement. Et on continuait de nous montrer ça intarissablement, comme une routine, alors que c'était exactement le contraire : un mystère. Je comprends bien ce que tu me dis, a observé Georges, mais je ne l'éprouve pas. Ça reste abstrait pour moi. Tu veux dire que la mort te paraît abstraite ? ai-je dit. Je précise qu'on avait fini de regarder le film. Ça doit être ça, a dit Georges. Je l'ai remercié. Je lui ai dit que j'allais réfléchir à cet aspect des choses.

C'était le premier soir, donc. On s'est couchés et le lendemain c'était dimanche. Je n'avais pas de programme. Georges non plus. Je lui ai dit que je devais sortir, que j'avais rendez-vous pour le déjeuner. Il ne m'a pas demandé avec qui. Depuis la veille, je n'avais pas prêté attention à sa mèche, et c'est le premier détail qui m'a frappé ce matin-là. Georges démarrait la journée avec cette mèche, en somme, et moi aussi je démarrais la mienne avec. Ensuite, au cours de la matinée, ça s'est atténué. Il restait pas mal de cartons fermés qui encombraient le salon, et il fallait les contourner pour atteindre les fenêtres. Parce qu'on s'est dirigés vers les fenêtres, sans se consulter. C'était comme une suite à l'éveil, un mouvement instinctif vers la lumière. S'approcher des fenêtres, donc, ce n'était pas voir la Seine, on la voyait du milieu de l'appartement, c'était prendre vue sur la voie rapide. Dimanche, onze heures, la circulation était clairsemée. Tout de même. Elle était là. Les voitures arrivaient irrégulièrement par paquets. Et j'ai compris ce qu'avait découvert le neveu, la veille, et qui s'est vérifié plus tard. Le bruit était gênant, même fenêtres fermées, mais ce n'était pas le pire. Le pire, c'était la vue. Voir passer les voitures. Et, dans les jours suivants, aux heures de pointe, les voir passer sans cesse. Les voir passer sans cesse avec le bruit assourdi par les doubles vitrages, en oubliant le bruit, presque, et donc les voir passer presque silencieusement et sans cesse, avec non seulement ce que ce passage signifiait de bruit réel, de représentation visuelle du bruit, mais même sans cette référence au bruit, de les voir, dans un relatif silence, passer incessamment, rayer incessamment l'espace. Où, qui plus est, à l'arrière-plan, glissait parfois de son côté très lentement une péniche. La vue, de fait, était une nuisance supérieure. On ne pourra pas se tenir là, près des fenêtres, ai-je bientôt dit à Georges. On ne s'y tiendra pas, a-t-il rétorqué philosophiquement. Rien ne nous y oblige. C'est qu'on sera tentés, ai-je dit. Il faudra résister, a dit Georges. Vivre dans l'illusion que ce qu'on voit là en bas des fenêtres n'existe pas. Adapter notre regard, si tu préfères. À moins que je ne donne mon préavis, ai-je dit. Tu plaisantes ? a dit Georges. Non, ai-je dit. Ça peut être une issue. Vivre ici trois mois et partir. Il faudrait que tu cherches autre chose, alors, a dit Georges. C'est vrai, ai-je dit, et je n'ai pas envie de chercher autre chose. J'ai assez bougé comme ça et l'opération m'a fatigué. Comment ça se passe, d'ailleurs ? a demandé Georges. Normalement, ai-je dit.

Dans les jours qui ont suivi, j'ai fait signe à Roberta. Je l'ai appelée à son bureau et je lui ai proposé de passer aux éditions prendre un café avec elle, j'avais besoin physiquement de me déplacer. Quand je l'ai vue, je lui ai trouvé le visage plein. Ça l'adoucissait. Je suis contente que tu m'aies appelée, a-t-elle dit, je n'osais pas le faire, j'ai repensé à ce que je t'ai dit, ça serait bien que tu te manifestes, plus tard. Évidemment, ai-je dit. Et qu'en attendant tu viennes de temps en temps me toucher un peu le ventre, a-t-elle ajouté. Même là, maintenant, tu pourrais. J'ai regardé autour de nous, il y avait deux types à côté avec des gobelets que je ne connaissais pas. Roberta apparemment non plus, qui ne les avait pas salués. J'ai avancé ma main vers son ventre. Laisse-la, a dit Roberta. Ça me gêne, ai-je dit. Je l'ai laissée. Tu vas me demander si je le sens, ai-je dit au bout de quelques secondes. Non, c'est trop tôt, a-t-elle dit. C'est juste comme ça. Bon, a-t-elle enchaîné, viens me toucher le ventre de temps en temps et pour la suite on verra, on s'appelle.

Elle m'a embrassé au coin de la bouche. Quelques jours plus tard, j'ai découvert le quotidien avec Georges. Il rentrait tard et je me suis vu nous préparer des dîners. J'ai toujours eu un blocage sur la cuisine. Je nous achetais des légumes verts, pour l'équilibre, mais mes accommodements péchaient. Je n'y ai jamais rien connu en épices et je n'étais jamais parvenu à faire des progrès. Le brocoli tel quel, droit sorti de l'eau, flanqué d'une tranche de jambon, s'est révélé la meilleure solution par défaut. Mes sauces étaient trop claires ou trop compactes. Quand on dînait ensemble, ce qui n'arrivait pas tous les jours tout de même, Georges proposait de débarrasser. C'était malheureusement ce que je préférais. Je l'aidais, il protestait. On ne se fâchait pas. Je veux dire qu'il n'y avait pas de tensions. Georges me parlait de son travail, je ne lui parlais pas de mon congé. Je retournerais au bureau trois semaines avant les vacances, que j'avais posées. Dans la journée, je sortais un peu, parfois j'allais marcher dans l'île des Cygnes. C'est une promenade arborée, au milieu de la Seine, une allée rectiligne qui court du pont de Bir-Hakeim au pont de Grenelle. J'y croisais quelques vieillards, rarement de jeunes couples. Des bancs sont disposés là, où je m'asseyais un quart d'heure avec un livre. Je regardais les péniches et je pensais à moi. Ça ne me nourrissait pas. Je replongeais dans mon livre, mais j'étais distrait. Je quittais le banc et j'allais au bout de l'île et retour. Je revenais vers l'avenue de Versailles, boire un verre ou déjeuner aux Ondes, où il m'arrivait de reconnaître des journalistes radio qui passaient aussi à la télé. Parfois, je poussais jusqu'au métro de Passy. Au-dessus de la voie aérienne, de la petite place de l'Alboni, d'où l'on découvre la fuite des rails d'une rive à l'autre vers la station Bir-Hakeim, ou au-dessous, dans la rue de l'Alboni, où l'on se tient dans l'ombre de l'infrastructure métallique, je me demandais si je ne pourrais pas me sentir chez moi. Je suis né dans le quatorzième arrondissement, où je m'étais imaginé un moment finir ma vie. Ce n'était pas exclu. En même temps, là où j'étais, à force, me disais-je, je pourrais m'habituer. C'était une possibilité réelle. J'avais à une époque habité dans le onzième, où j'avais gardé des repères. Je pouvais aussi me dire que, du côté de l'avenue de Versailles et de la Seine, j'étais complètement ailleurs. Que je ne m'habituerais jamais et que c'était bien. L'idéal, évidemment, mais ça paraissait compliqué, ç'aurait été de renaître.

J'ai appelé Paul. La réaction de Georges lors de notre entrevue au café ne m'avait pas laissé indifférent et je ressentais le besoin d'en savoir un peu plus sur les rapports de Paul et Louise. Peut-être aussi parce que j'avais vu Louise seule quelques minutes et que leur cohabitation, indépendamment des conditions où elle semblait s'annoncer désormais, ne m'apparaissait plus sous le même jour. Et j'appréhendais de partir avec eux, maintenant. Je les imaginais se séparer avec fracas avant même la fin des vacances. Avec Georges, on avait parlé, et Georges avait dit que tout ça le fatiguait mais qu'il les aimait bien et qu'il n'avait pas le courage d'entrer dans le détail. Après tout, avait-il conclu.

Paul n'avait pas trop le temps de me voir le jour où j'ai pris sur moi de l'appeler. Je lui ai arraché un rendez-vous pour un café à côté de son cabinet. Quand je l'ai vu arriver, j'ai repensé à la façon dont je l'avais rencontré avec Louise. Je l'ai dit, j'avais à l'époque un dernier véritable ami qui vivait encore, Jean-Claude Janssen, et qui me les avait présentés juste avant de mourir. J'ai déjà dit aussi que Jean-Claude Janssen devait partir avec eux en Corse et que Paul et Louise m'avaient proposé plus tard de prendre sa place, je n'ai pas encore dit que Jean-Claude les connaissait très bien, lui, et que j'avais passé avec eux trois une soirée plutôt agréable, quoique je fusse resté un peu en retrait. C'est-à-dire que je les avais écoutés tous les trois échanger des propos qui évoquaient un passé dont j'ignorais l'essentiel, à ceci près que Jean-Claude m'avait déjà parlé de Paul et Louise comme de vieilles connaissances dont il m'avait représenté la gentillesse et décrit grossièrement le parcours. Le fait est que je n'avais retenu de ce qu'il m'avait dit, concernant Paul, que sa lente accession au statut de médecin généraliste, mais non les raisons qui l'avaient conduit à y consacrer sa jeunesse, et, concernant Louise, son activité dans la restauration de meubles, mais non les raisons qui l'avaient amenée, d'une part, à faire quelque chose qu'elle n'aimait pas et, d'autre part, à épouser Paul à un âge avancé, déjà, alors que tous deux sortaient chacun de son côté d'une histoire longue, dont Jean-Claude ne m'avait pas livré le détail. Je n'en avais pas beaucoup plus appris sur eux, ce soir-là, au gré d'une conversation qui s'était nourrie d'allusions et de coq-à-l'âne et où, dans la mesure où je les voyais pour la première fois, n'avait été abordé aucun problème intime. Jean-Claude était mort chez lui trois jours plus tard d'un arrêt cardiaque et, trois semaines après l'enterrement, Paul et Louise m'avaient réinvité à dîner et proposé de prendre sa place, donc, avec les précautions qui s'imposaient mais aussi avec certaine chaleur. De fait, en évoquant Jean-Claude, nous avions parlé de nous comme nous ne l'avions fait à aucun moment de la première soirée ni à aucun autre plus tard, notamment sur nos lieux de vacances. De ce que nous avions dit de nos vies ce soir-là, je ne me souvenais malheureusement pas, la nouveauté de nos relations, la découverte des visages et des expressions, les intonations, la relative maladresse des gestes ayant occulté, comme une mise en scène qui sollicite trop le regard, le fond de notre échange. Tout juste avais-je retenu de Paul qu'il avait perdu tôt ses parents et qu'il était venu seul à Paris suivre ses études et, de Louise, qu'elle avait vécu longtemps à la campagne dans une grande maison qu'elle avait également perdue. Autrement dit, nous avions parlé du passé, moins du présent, parce que c'est ce qu'on cache, avais-je pensé, c'est le présent qu'on cache quand le passé, qu'on livre plus volontiers en pâture à l'autre, en dit tout aussi long mais c'est ainsi, le passé n'a l'air de rien, il ressemble à une vieille chose. Paul s'est donc assis à ma table et je ne lui ai pas laissé le temps de me demander pourquoi je l'avais fait venir, je lui ai tout de suite dit que j'avais maintenant besoin de savoir comment ça allait se passer pour lui avec Louise pendant les vacances. Je crois bien que je ne lui avais jamais rien dit d'aussi direct et, en un sens, c'était une faute, je brûlais de cette façon plusieurs étapes, je n'avais pas réellement commencé, depuis ces dernières années, à entrer dans le secret de ce qu'il était lui, à ceci près, me suis-je dit, que lui-même avait pris les devants avec Georges et moi quand il nous avait parlé de ce qu'il appelait sa rupture. Ça m'a encouragé, mais ça ne l'a pas empêché de me demander avec un demi-sourire que je ne lui connaissais pas si je n'avais pas de questions moins précises. Non, ai-je dit, mais j'en ai de plus précises, comment vous vivez en ce moment, par exemple. Vous habitez ensemble ? Je ne voudrais pas que ça se passe mal en vacances, ai-je précisé. Je sais qu'on en sait peu les uns sur les autres mais accorde-moi qu'à Georges et moi il faut tout de même du courage pour envisager ce séjour. Je m'entends très bien avec Louise, a dit Paul, il n'y aura absolument aucun problème et on habite ensemble. Ça te satisfait ? Je ne sais pas, ai-je dit. Je voudrais savoir comment tu te sens toi. Je viens de te le dire, a-t-il dit. Très bien. Non, ce n'est pas exactement ce que tu viens de dire, l'ai-je repris. Tu t'es fait couper les cheveux ? ai-je ajouté. Qu'est-ce que tu racontes ? a dit Paul, qui s'était à l'évidence fait couper les cheveux. Quel est le rapport ? Le rapport avec quoi ? ai-je dit, et je me suis rendu compte qu'on s'était un peu perdus dans nos dernières répliques et qu'on ne savait plus où l'un voulait emmener l'autre dans ce début de conversation dont je me suis dit qu'il était préférable, dans un premier temps, de le laisser en l'état. C'est aussi à Louise que je pense, ai-je donc dit. Elle a l'air tellement calme. Elle l'est, a dit Paul. Elle accepte ? ai-je dit. Elle est parfaitement d'accord pour qu'on se sépare, a dit Paul, si c'est ta question. Oui, ai-je dit, c'est ma question. J'ai aussi l'impression qu'elle s'entête, ai-je ajouté, qu'elle s'entête à partir en vacances. Elle ne s'entête pas, a dit Paul, pas plus que moi. On ne s'entête pas, on a envie de partir. Avec toi et Georges. Si c'est possible. Est-ce que c'est toujours possible, d'ailleurs ? Je finis par me le demander. Oui, ai-je dit, c'est toujours possible. Tu peux, a ajouté Paul, prendre aussi un café avec Louise. Ça te rassurera. Non, ai-je dit, ça ira comme ça.

Comme Paul était pressé, on en est restés là. Mais enfin je lui avais parlé, il savait à quoi s'en tenir quant à mes appréhensions. En d'autres termes, j'avais fait ce que j'avais pu. J'ai repris le cours de ma nouvelle vie, dans une semaine j'allais retourner au bureau et le temps, de nouveau, a subi comme un coup de frein. Les journées se sont étirées considérablement, que je peinais à remplir. Je me suis familiarisé avec la rue Eugène-Poubelle, dont la situation et la brièveté continuaient de me fasciner et où j'ai effectué quelques courtes allées et venues et même quelques stations, avec une préférence pour son extrémité côté Seine. De là, j'ai observé la circulation fluviale et la chaotique floraison des tours sur la rive d'en face. C'était à peu près la même vue que de l'appartement, mais, de l'extérieur, en somme, j'en reprenais possession, quand de l'intérieur, les jours passant, je commençais plutôt à éprouver la sensation que c'était la vue qui me prenait, qui m'enveloppait, qui me tenait en respect. Comme si tout le ciel, tout le fleuve, tout l'espace m'assignait à résidence. Et, quand je m'approchais de la voie rapide, enfreignant ainsi la règle qu'on s'était fixée avec Georges, l'image me venait d'un chemin de ronde. C'est subjectif, me disais-je. Le soir, quand Georges rentrait, je l'invitais à regarder les lumières sur le front de Seine. Or, indéniablement, c'était beau. Nous en convenions. Sauf que je sentais Georges ailleurs. Juste avant que je reprenne le travail, il s'est mis à rentrer plus tard. Un soir, il n'est pas rentré. Il ne m'a pas appelé pour me prévenir. Le lendemain, il est rentré tôt en s'excusant. Je lui ai menti en lui disant que je ne l'avais pas attendu. Non que je l'attendisse toujours. Mais je me sentais seul face à la vue. Deux jours plus tard, Georges m'a prévenu qu'il ne rentrait pas. Le lendemain, il m'a révélé qu'il avait revu Sam. J'ai flotté un instant. Incroyable, ai-je fini par dire. Georges m'a expliqué que ça n'avait pas été si difficile, il avait pris les coordonnées de l'agence dès la première visite de l'appartement. Sam avait cédé à sa conversation ou à son désir, ou aux deux, en un mot il l'avait conquise et elle l'avait conquis. Selon lui, c'était sérieux. Georges m'a parlé d'amour. Incroyable, ai-je répété. On va vivre ensemble, a-t-il dit. J'ai arrêté de m'exclamer et j'ai demandé où ça. Pas ici, ne t'inquiète pas, a dit Georges. Chez elle. Et elle habite où ? ai-je demandé. Ces derniers temps, j'avais développé une curiosité pour les lieux. À Morsang-sur-Orge, a dit Georges. Ah oui ? ai-je dit. Tu connais ? a dit Georges. Comme ça, ai-je dit. La vérité est que je ne connaissais pas Morsang-sur-Orge mais qu'en revanche je connaissais notamment Saint-Michel-sur-Orge, Savigny-sur-Orge et Brétigny-sur-Orge. Ma grand-mère avait dans ce secteur une petite maison que mon grand-père avait bâtie de ses mains avec l'aide d'un maçon italien et j'y avais passé des vacances à une époque où la banlieue ressemblait encore à la campagne. Évidemment, Georges me ramenait à l'enfance et ça me faisait drôle. La liaison qu'il entretenait avec Sam avait pour moi de vagues résonances crépusculaires, comme, dans un autre genre, ce qui m'arrivait par Roberta, en dépit de ce que ces deux événements pouvaient évoquer précisément, de l'extérieur, d'un effacement de l'âge, et ce rappel de l'enfance exerçait sur moi un fort effet de contraste. D'autant que l'enfance ne m'était rien. J'y avais aimé des gens qui m'avaient aimé mais je n'en gardais que des souvenirs anecdotiques où je ne me dessinais pas. En gros, c'était du passé, une sorte de préhistoire où rien n'avait encore de nom, une vie d'avant les livres qui parlent des hommes et des femmes, une vie d'avant les douleurs construites et où toute question se suspendait dans l'attente écervelée de l'avenir. Ça ne m'intéressait pas, je préférais le face-à-face vers quoi je me dirigeais maintenant. Bref, je n'étais pas du tout partisan de cette évocation de Morsang-sur-Orge. Je n'ai même pas dit à Georges ce qu'elle produisait sur moi, je n'avais pas envie de parler de ça. Je lui ai simplement demandé s'il était bien certain de ne pas faire une bêtise. Georges m'a expliqué que non. Il a commencé à me parler d'eux. À un moment, je lui ai demandé d'arrêter. Je lui ai simplement réclamé une date. Dans trois jours, a-t-il dit. Je reviendrai prendre mes meubles plus tard. Je suis désolé pour l'appartement. J'espère que tu ne m'en veux pas. Pas du tout, ai-je dit. Tout ça, c'était provisoire. Même pour moi.

À partir de là, j'ai perdu le contact avec Georges. Il n'est plus rentré. Il ne me prenait pas au téléphone. J'ai appelé Agnès et je lui ai demandé de venir à l'appartement. En entrant, elle a déclaré que c'était splendide et tout de suite après elle a crié. Tu es complètement fou ! a-t-elle dit. Les voitures, il suffit de ne pas les regarder, ai-je dit. Je ne pourrais pas, a-t-elle observé. Tu as peut-être raison, ai-je dit. Tu ne veux pas rester cette nuit ?

Elle ne voulait pas. Elle est restée quand même. Elle est venue me retrouver dans mon lit et on a lutté victorieusement contre l'envie qui nous prenait de nous toucher dans le noir. Je crois qu'on était contents elle et moi d'avoir évité ça, avec toute la tristesse qui se serait ensuivie de ne pas nous aimer assez pour engranger sans désagrément le souvenir de l'avoir fait. Le lendemain matin, je reprenais le travail. J'ai dû la réveiller pour ne pas la laisser se réveiller seule dans l'appartement. Au bureau, je me suis retrouvé avec des projets en retard, personne n'avait pris le relais, c'est n'importe quoi, ai-je dit à Favier au téléphone, qu'est-ce qu'on fait, maintenant, avec le calendrier ? Vous vous en foutez ? Exactement, m'a répondu Favier, je viens de perdre ma femme. Ah, désolé, ai-je dit. Vous finissez tranquillement avec Regmann sur le système solaire, a-t-il enchaîné et on le sortira à

Noël, on laisse tomber le printemps, il est derrière nous, le printemps. À part ça, je vous envoie un petit jeune avec un projet sur les lanceurs. Bon, ai-je dit avec une pensée dont je n'arrivais pas à me défaire pour Favier qui n'était plus exactement le même, désormais, mais dont j'ai fini par me défaire, néanmoins, dans la mesure où j'entendais dans sa voix que malgré tout il voulait demeurer le même, avec juste en arrière-plan la petite note amère de son veuvage, ce n'est pas un peu sec, comme sujet, les lanceurs ? Pas pour ceux qui s'intéressent à l'espace, a dit Favier, et dans ce cas précis ce sont eux que j'ai envie de cibler, pas ceux qui ne s'y intéressent pas encore, il y aura peu de photos et pas mal de schémas, j'imagine quelque chose de plus technique. On veut retravailler l'image de la maison, a-t-il enchaîné, lui redonner un petit coup de sérieux, en fait j'ai l'idée d'une collection qu'on inaugurerait par ces lanceurs. Ensuite, pas de vols habités, uniquement des sondes, des satellites, des stations. Acier, titane et résistance mécanique dans le vide interstellaire, vous voyez ? À peu près, ai-je dit en me demandant si je devais lui adresser plus explicitement mes condoléances, mais c'est lui qui a raccroché. J'ai donc revu Regmann et je lui ai dit qu'on avait mangé notre pain blanc, que c'en était provisoirement fini de l'humain dans ce service, qu'on prenait une direction froide. Regmann a souri sous sa moustache en disant que de toute façon on ne se promènerait jamais en chemisette dans la stratosphère et qu'il était tout aussi douteux qu'on y fasse un jour grand-chose d'autre que presser des boutons à travers des gants. Qu'on pouvait toujours évoquer le personnel embarqué derrière ses casques et ses combinaisons en train de flotter dans la nuit entre deux modules, mais qu'on ne perdait rien à le gommer. Il avait terminé son texte, que j'ai transmis pour une relecture. J'ai rencontré plus tard le petit jeune et ses lanceurs et je lui ai donné carte blanche. J'ai revu mes collègues, dont Joubert, qui s'est montré aimable. Il m'a trouvé fatigué. Je pensais de temps à autre à Roberta qui travaillait trois étages au-dessus et que j'hésitais à passer voir à son bureau ou à appeler pour aller prendre un café avec elle aux machines. Je pensais aussi de temps en temps qu'elle se promenait dans les couloirs avec mon fils qui poussait, ou ma fille, je n'étais pas préoccupé par la question du sexe, et alors tout le monde la voit, me disais-je, c'est-à-dire que tout le monde la voit sans savoir que l'enfant est là qui progresse dans l'ombre à l'intérieur de la maison. J'ai quand même fini par la contacter chez elle, ça m'a paru plus intime. Elle m'a proposé de venir dîner un soir et, après avoir hésité, je lui ai demandé si elle voulait que j'apporte quelque chose, bien que le rendez-vous n'eût été pris que pour la semaine suivante. Je n'avais pas envie de la voir et en même temps, comme je m'y sentais obligé, je me suis fait à l'idée. Il me semblait de toute façon que je devais consolider avec elle cette manière de lien dont j'avais eu l'impression, quand je l'avais vue la première fois chez elle, qu'il était peut-être en train de se nouer. Je ne voyais toujours pas comment. En tout cas, j'ai proposé de venir avec une bouteille.

Évidemment, j'ai essayé de recontacter Georges. Son silence, après l'annonce de son départ, suivie de son départ, m'était désagréable. Il m'inquiétait aussi vaguement. En outre, quand je rentrais à l'appartement et qu'il n'y rentrait plus, je me heurtais de plus en plus à la vue. Il y avait deux vues distinctes, comme on sait, la vue sur la Seine et la vue sur la voie rapide. Je me suis aperçu, à l'usage, que si du milieu de l'appartement on ne voyait que la Seine, du bord des fenêtres on ne voyait pas que la voie rapide, on voyait aussi la Seine. Je n'avais pas encore vraiment combiné ces deux aspects, à l'exclusion du passage des péniches. Maintenant, quand je m'approchais des fenêtres, j'essayais d'embrasser les deux, à savoir les voitures d'une part et d'autre part la Seine et même le front de Seine avec ses tours. J'essayais de comprendre si ça faisait un ensemble, si je pouvais trouver à cette association visuelle une cohésion. Parce que je m'approchais des fenêtres. J'en avais assez de les fuir. J'avais besoin de savoir. Or je n'ai pas su. Chaque fois que j'allais vers les fenêtres, je ne retrouvais pas cette cohésion. Je devais donc retourner vers les fenêtres pour la rechercher. Je pensais beaucoup, en ces instants, aux bords de Seine avant Georges Pompidou. Pour finir, je m'éloignais des fenêtres. Disons que m'en approcher constituait un exercice.

J'ai appelé Paul pour avoir des nouvelles de Georges. Il n'en avait pas. Je lui ai expliqué ce qui se passait ou qui était censé se passer avec Sam, en essayant de lui expliquer aussi quel genre de fille était Sam, mais, en vérité, je ne savais pas trop quel genre de fille était Sam. En tout cas, j'ai dit à Paul que selon moi Georges décrochait, que c'était la raison de son silence. Je lui ai fait remarquer que ni lui ni Louise ne l'avaient appelé ni ne m'avaient appelé pour s'en inquiéter. Je me souvenais quand même qu'on devait partir tous les quatre dans une quinzaine de jours, maintenant, et que dans ces conditions on pouvait évidemment ne pas se faire signe, mais qu'on pouvait aussi. Quant à savoir si on devait se faire signe, je n'avais pas d'opinion. La vérité est que, même s'il ne s'agissait pas d'une obligation, j'en éprouvais personnellement le besoin.

Ce n'est pas ce que j'ai dit à Paul. Ce que j'ai dit à Paul, donc, c'est que ni lui ni Louise ne s'étaient inquiétés pour Georges. Paul m'a répondu qu'ordinairement ils ne s'appelaient pas si souvent. Moi, c'était différent, j'habitais désormais avec lui. J'ai précisé qu'il n'habitait plus avec moi. Cela dit, Paul voulait bien, de son côté, essayer d'appeler Georges, qui, selon lui, ne me répondait peut-être pas parce qu'il était gêné de ne pas m'avoir encore répondu. Je lui ai dit qu'alors, s'il contactait Georges, il me le fasse savoir.

Je n'ai pas abordé la question des vacances. On devait prendre un train et louer une voiture sur place. C'est ce qui avait été dit en un temps. Généralement, Paul et Louise s'occupaient de retenir les billets. Je n'ai rien voulu changer à ça. On a raccroché sans parler d'autre chose que de Georges.

En fait, c'est Georges qui m'a appelé le soir même. Paul n'avait pas encore tenté de le joindre. C'est en tout cas ce que Georges m'a dit. Il m'appelait de Morsang-sur-Orge. Il campait chez Sam à Morsang-sur-Orge. Il s'était senti débordé par cette histoire et ne m'avait pas donné de nouvelles parce que, m'a-t-il dit, sa situation évoluant à grande vitesse, il attendait d'avoir de quoi faire un point avec lui-même, d'abord, avec moi ensuite. Or Georges, pour résumer, ne décollait plus de Morsang-sur-Orge. Il y passait ses nuits. Il prenait le RER pour rejoindre son journal. Le RER était bondé, il voyageait debout. Il n'y avait pas de gare à Morsang-sur-Orge. Georges prenait le RER à Épinay-sur-Orge. En une demi-heure, il était à Paris. Sam était formidable. Elle vivait dans un pavillon de meulière. Elle avait mille mètres carrés de jardin avec des buis. Depuis trois ans, elle vivait seule. Elle disposait d'une culture étendue, qui le complexait. Je lui ai demandé, moitié par plaisanterie, ce qu'elle lui trouvait. Elle aime ma spontanéité, m'a-t-il répondu. Georges n'avait pas de voiture, mais Sam en avait deux. Elle lui en prêtait une pour aller à la gare. Elle prenait l'autre pour rejoindre l'A6, elle relançait ses clients par téléphone dans les embouteillages. Elle n'avait pas de problèmes pour travailler en voiture. La mairie d'Épinay-sur-Orge, m'a soudain expliqué Georges, est plus belle que la mairie de Morsang-sur-Orge, qui n'est d'ailleurs pas laide. Elles se ressemblent sans vraiment s'égaler. Celle d'Épinay-sur-Orge a des toits à la Mansart. Georges a insisté sur le fait qu'il ne s'attendait pas à découvrir d'aussi beaux bâtiments dans ce secteur. Il y a là-bas aussi de grands parcs, a-t-il dit. Il faudra que tu viennes dîner un soir, Sam se souvient très bien de toi. J'ai dit pourquoi pas mais qu'aussi bien ils pouvaient tous les deux venir dîner chez moi. Georges a dit qu'ils allaient en parler, qu'on se rappelait. Avant qu'il raccroche, je l'ai prévenu que, dans la mesure où il ne comptait pas revenir à l'appartement, j'allais contacter mon entrepreneur pour qu'il abatte les cloisons que je lui avais fait monter. Je ne voyais plus, seul, l'intérêt de ces cloisons. J'ai senti que Georges hésitait un quart de seconde. Remarque, ai-je dit, si je les fais abattre et que tu reviennes, je peux toujours les faire remonter. Georges n'a pas osé me dire qu'il ne reviendrait pas ou que peut-être il reviendrait, en tout cas il m'a donné le feu vert pour les cloisons.

Quand j'ai eu raccroché, je me suis aperçu qu'on n'avait pas reparlé des vacances.

Le lendemain matin, du bureau, j'ai appelé mon entrepreneur. Je lui ai expliqué la situation. Il avait l'air embêté d'abattre des cloisons qu'il venait de monter. En même temps, il n'était pas contre, c'était un travail comme un autre. Trois jours plus tard, il m'a envoyé deux ouvriers avec des masses. Les coups de masse brouillaient largement le bruit de la voie rapide, même fenêtres ouvertes – pour la poussière. Je m'étais libéré pour la matinée mais je les ai laissés et je suis allé prendre un café aux Ondes. Quand je suis rentré, l'appartement semblait dévasté. J'avais demandé qu'on laisse en place la petite pièce pour l'enfant. Ils ont commencé à descendre les gravats. Je n'avais encore croisé aucun voisin, et j'ai entendu dans l'escalier la voix de l'un d'entre eux qui demandait ce qui se passait. Je suis sorti sur le palier et je le lui ai expliqué. Le voisin venait de l'étage d'en dessous, il était vieux, vêtu d'une robe de chambre, les pieds dans des chaussons recouverts de la poussière des gravats. Je lui ai dit de ne pas s'inquiéter, qu'on en avait fini avec les coups de masse. On déblayait, maintenant. Plus tard, les ouvriers reviendraient pour des raccords de peinture. Je me suis présenté comme le nouveau locataire. L'homme, avec une grimace, m'a souhaité la bienvenue et il est reparti avec ses chaussons poussiéreux. Alors que j'étais encore sur le palier, un autre voisin est descendu, un jeune, cette fois, qui m'a adressé en passant un hochement de tête. Il avait l'air, lui, de trouver anodin que je sois là au milieu de mes gravats.

Mon entrepreneur est arrivé là-dessus pour voir où en était le chantier. Il semblait légèrement peiné, voire préoccupé, et je lui ai demandé s'il avait des ennuis. Il y avait encore de la poussière en suspension dans l'appartement et j'ai craint également pour ses cheveux, qu'elle ne les ternisse, mais évidemment je ne lui ai rien dit. À l'entendre, il n'avait pas d'ennuis. C'est insensé, ces gravats, a-t-il dit toutefois, ces cloisons de trois fois rien et tous ces gravats maintenant, je ne m'y fais pas. C'est vrai que c'est impressionnant, ai-je dit. Un sacré bordel, a-t-il ajouté en soupirant. Je le sentais pessimiste. Il ne m'a pas reparlé du Touquet et je n'ai pas su comment l'interpréter. Je me suis simplement demandé s'il avait renoncé à me convaincre. Je n'ai pas aimé cette idée.

Le soir, quand je me suis retrouvé dans l'appartement décloisonné, à part la petite pièce, j'ai regardé le front de Seine et je n'en ai rien pensé. Je suis quand même resté un moment face aux lumières. Après, j'ai mangé des sardines. Ensuite, j'ai ouvert mon ordinateur. Je suis allé voir la maison dans l'Hérault. Il y avait neuf photos, dont trois de l'extérieur et deux de la piscine. Le salon avait l'air immense, avec des matériaux nobles, et la piscine était bordée de cyprès. Sur la façade, les fenêtres étaient équipées de volets bleus. Une fenêtre était ouverte et, adossée à l'appui, à l'extérieur, contre un de ces volets bleus frappés par le soleil, j'ai imaginé Louise dans son T-shirt à inscription, en train de mordre dans une tranche de pain grillé en plissant les yeux.

J'ai appelé Paul pour lui donner des nouvelles de Georges, qui venait juste de l'appeler. Georges avait dit à Paul que je venais de l'appeler aussi. Il ne s'était pas confié à Paul de la même façon qu'à moi. Il n'a pas l'air si sûr de lui, m'a dit Paul, qui avait demandé à Georges s'il n'y avait rien de changé pour les vacances. Georges avait hésité puis avait dit que non. Paul lui avait également demandé s'il comptait, après la leur avoir présentée, naturellement, venir avec Sam. Georges avait hésité puis avait dit que non. Il avait expliqué que Sam était engagée ailleurs pour juillet, qu'elle partait avec des amis. C'est mieux comme ça, de toute façon, avait finalement dit Georges, ce que je vis est suffisamment violent pour que je prenne du champ. Ça me reposera. En fin de compte, ai-je dit à Paul, il s'est livré davantage à toi. Peut-être, a dit Paul. Et toi ? Je connaissais ce genre de question. Ça va, ai-je dit.

Je suis donc allé à Morsang-sur-Orge. J'ai pris le RER jusqu'à Épinay. On connaît le paysage de la banlieue vu du train, on le regarde ou non, je l'ai regardé. J'ai regardé aussi les voyageurs. Pendant que le train avançait, j'éprouvais la sensation d'avancer vers quelque chose. J'éprouvais aussi la sensation de régresser. En vérité, ça se rejoignait. La vision de l'enfance, me disais-je, est une vision du temps, et le remonter ou l'anticiper revient au même. Parfois, il y avait des arbres, des fleurs, des tags. Je suis arrivé lentement. À la gare d'Épinay, Georges m'attendait comme au seuil d'un domaine. On est montés dans une des voitures de Sam et Georges m'a fait passer devant la mairie. En fait, je ne connaissais pas plus Épinay-sur-Orge que Morsang-sur-Orge. J'avais le souvenir vague de Savigny-sur-Orge, de Brétigny-sur-Orge et moins vague de Saint-Michel-sur-Orge, mais aussi de l'aéroport d'Orly, de la piscine de Viry-Châtillon et de la prison de Fleury-Mérogis, tous lieux jusqu'où je m'aventurais à vélo avec des camarades dont l'un était devenu facteur, mais ni d'Épinay, où on ne s'est pas attardés, ni de Morsang, où Georges a insisté pour qu'on descende de voiture et qu'on fasse un tour dans le parc du Séminaire. Vingt-sept hectares, a dit Georges. On s'est promenés dans le parc, Georges m'a montré le château, puis on a longé l'Orge. Tous les cent mètres, il me demandait mon avis. J'avais déjà longé l'Orge, mais ailleurs. C'était bien là aussi. Je lui disais que c'était bien. Au bout d'un moment, je n'y ai plus tenu, je lui ai dit qu'indéniablement le parc du Séminaire, traversé par l'Orge, avait un charme réel, mais que si la question était de savoir s'il devait s'installer définitivement dans le département de l'Essonne, je n'étais pas compétent. Tu as raison, a dit tout de suite Georges, je débloque un peu, je suis amoureux de cette fille et tout le reste vient avec. Tu ne vas pas non plus te plaindre, ai-je dit.

On est allés ensuite chez Sam. Le pavillon de meulière avait aussi son charme, et le jardin, d'autant que Sam avait eu le raffinement de ne pas y construire un garage. L'intérieur était plaisant, chaud, épuré, néanmoins, et Georges m'y a invité à m'asseoir dans un canapé raide. J'ai remarqué un écran plasma. Voilà, a dit Georges. Je ne sais pas quoi te dire, ai-je dit, tout ça a l'air formidable, et Sam est extrêmement belle. C'est le mot, a dit Georges, j'ai sans arrêt l'impression d'un excès. Elle me force à lire, en plus. Alors, ai-je dit. Paul m'a dit que tu partais avec nous sans elle, ai-je ajouté. Georges m'a répété ce qu'il avait dit à Paul. Et toi ? a-t-il dit. J'ai apprécié son esprit d'ouverture. J'ai fait abattre les cloisons, ai-je dit. Mais je te répète que je peux les faire remonter quand je veux. Mon entrepreneur est très disponible. Georges a fait dans le vide devant lui un geste d'effacement de la main. Et donc ? a-t-il dit. C'est comme avant, ai-je dit, j'ai seulement conservé la petite pièce, où j'ai rangé tes affaires. Tu ne l'as pas conservée exprès ? a-t-il dit. Non, ai-je dit. Et comment ça se passe pour le bruit ? a-t-il demandé, comme s'il avait conscience que face au bruit, précisément, il avait cessé de faire front avec moi et que dans ces conditions le nombre de décibels ait pu doubler. Je lui ai expliqué que je m'interrogeais moins sur le bruit que sur la vue. Georges a eu un regard vers la fenêtre qui donnait sur le jardin de Sam, un regard ému que j'ai amicalement accompagné, et il a soupiré, soit qu'il compatissait avec moi, soit qu'il prenait la mesure de son bonheur, qui lui débordait de la poitrine. Je lui ai quand même demandé ce qu'il fabriquait tous les samedis après-midi quand Sam travaillait à l'agence. Je reste là, a dit Georges en jetant cette fois un regard circulaire sur la pièce, ou je vais me promener, mais tu m'as un peu découragé, tout à l'heure. Tu me trouves stupide ? Je ne trouve rien, ai-je dit. J'imagine que tu es porté. Je le suis, a dit Georges, mais on avait déjà parlé de ça. On s'est tus. Puis Georges a observé qu'on n'avait pas fait le tour du jardin en arrivant. Allons-y, ai-je dit. On a fait le tour du jardin, il y avait derrière la maison un bel et grand arbre dont la ramure s'étendait latéralement, sous quoi le soleil commençait de plonger. Autour, c'était un muret recouvert par places de vigne vierge. À un moment, on a entendu des cloches. Georges a levé un doigt en l'air. Il a dit qu'il était peut-être temps de prendre un verre et m'a invité à m'asseoir sous l'arbre dans un fauteuil de jardin aux lignes carrées. Derrière les cloches, on entendait une rumeur de circulation lointaine.

Pendant qu'il partait chercher de quoi boire, je me suis demandé ce que je faisais là à deux pas de mon enfance. J'ai dû commettre une erreur quelque part, me suis-je dit, effectuer un faux pas, ou alors c'est un croche-pied de Georges. Il sait d'où je viens et il m'y ramène par des voies détournées. Je jouais avec ça, évidemment, il n'y était pour rien. Il est revenu avec deux verres et deux bouteilles sur un plateau et je me suis senti soudain très las. Peut-être l'étiquette sur une des bouteilles. C'était de la Suze. Le passé me vidait de mes forces. Je revoyais tout le chemin. Il faisait quand même très beau et j'ai voulu me reprendre. Georges m'a versé un verre de vin. Et ton boulot, depuis que tu l'as repris ? a-t-il dit. Je n'avais pas envie de parler de ça. Le soleil descendait, j'ai commencé à me dire que la nuit allait tomber et que je ne voulais pas voir la nuit tomber à Morsang-sur-Orge. J'ai pensé à rentrer, j'ai essayé de chercher des prétextes, je n'avais toujours pas répondu à la question de Georges sur mon travail. J'ai dit ça va, ça va, de façon à ménager ensuite un blanc pas trop lourd, qui nous permettrait d'aborder un autre sujet ou qui me permettrait à moi de trouver un prétexte. Je n'en trouvais pas, je n'avais pas d'idée. Georges ne disait plus rien. J'ai laissé tomber mon projet de rentrer. De toute façon, j'étais fatigué. Je me suis dit à l'inverse que si Sam, dans la soirée, me proposait de dormir là au lieu de reprendre le RER avant minuit, j'accepterais. Je me suis posé la question des chambres d'amis. J'ai regardé la maison, qui comportait un étage, évidemment, avec des chiens-assis. En attendant, Georges ne disait toujours rien, ni moi non plus, lui buvait sa Suze à petites gorgées espacées et je faisais de même avec mon vin. J'ai pensé à lui reparler de ses cailloux. Je lui ai dit que lorsqu'il s'était installé avenue de Versailles je ne lui avais pas vu ses cailloux. Ils sont dans une boîte, a répondu Georges.

Je les ai laissés dans leur boîte. Je ne lui ai pas demandé s'il avait l'intention de récupérer la boîte pour en sortir les cailloux, en fait les cailloux de Georges m'accablaient comme la Suze et il m'est revenu des airs de variété française dans le genre musette que j'ai essayé de chasser. J'attendais l'arrivée de Sam avec une sorte d'impatience, j'avais maintenant absolument besoin de distraction. Avant ça, on est rentrés dans la maison parce que Georges avait des poivrons farcis à mettre au four. Il savait visiblement où étaient les choses et il a mis le couvert. On a entendu un bruit de moteur, c'est Sam, a dit Georges, et il est allé à la fenêtre, qu'il a ouverte. Claquement de portière, puis Sam est apparue, qui poussait un battant du portail. Il y avait comme une erreur d'échelle entre sa silhouette et l'allée où elle s'engageait, non qu'elle parût véritablement trop grande par rapport à elle, c'était plutôt sa plastique qui l'emportait de loin sur le cadre et qui, par une sorte d'effet d'optique, ou de conversion brouillonne d'une qualité en quantité, la surdimensionnait. En même temps, je me suis dit que passé ce portail elle était à l'abri, notamment des regards, ce qui rendait toute sa crédibilité à son insertion dans le jardin. Georges lui a fait un petit signe, et comme je l'avais bêtement rejoint à la fenêtre, de nouveau par une espèce de misérable réflexe d'accompagnement, et même d'accueil, en ce qui concernait Sam, j'ai évité de l'imiter. C'est Sam qui, tout en répondant au signe de Georges, m'a adressé également le sien. J'ai hoché la tête. Mouvement chaloupé de Sam qui passait maintenant en plan américain au bout de l'allée, avec un quart de seconde de gros plan sur son visage sculptural non moins que sensible avant qu'elle pousse la porte, entre et me tende sa main que j'ai serrée cependant que, tout compte fait, elle m'embrassait en disant je vous embrasse. Ça m'a touché, sans plus, comme quand on passe le doigt sur une toile pour en sentir la pâte. Après quoi Sam, qui portait une veste en coton cintrée avec un col très découpé en soie, l'a ôtée et a dit qu'elle prendrait bien un verre. Georges le lui a servi, et on a commencé à chercher, dans les banalités qu'on échangeait, la possibilité de les orner, puis de les dépasser, ou encore à en venir à un registre plus intime, ce qu'on appelle briser la glace, et Sam a ébauché ce travail. J'ai noté au passage qu'elle ne parlait pas de l'appartement de l'avenue de Versailles. Je n'ai rien dit, quant à moi, sur mes racines dans l'Essonne. Sam a évoqué quelques souvenirs touchant aux siennes. Elle était, elle, franchement née dans l'Essonne où ses parents, tous deux décédés, avaient acheté cette maison à laquelle, naturellement, a-t-elle dit, je suis attachée. Elle vous plaît ? m'a-t-elle demandé. Beaucoup, ai-je dit. Je ne la quitterais pour rien au monde, a dit Sam, et j'ai regardé Georges, qui parlait peu. Sam en souriant lui effleurait parfois le dos de la main, et j'ai encore craint pour lui en me demandant où était le piège que Sam lui tendait ainsi, dans ce pavillon de meulière de ses parents tous deux décédés au cœur de Morsang-sur-Orge, une psychopathe, ai-je même pensé un instant, et Georges finira peut-être sous le ciment de la cave. Mais le dîner s'est déroulé agréablement, Sam était très à l'aise, Georges aussi, qui trouvait finalement à plaisanter en faisant sourire Sam, laquelle effleurait de temps à autre le dos de sa main mais aussi le dos de la mienne, quoique je ne la fisse pas sourire. Je me suis demandé si elle me convoitait, comme elle avait convoité Georges, mais il est vite apparu qu'elle était seulement chaleureuse, ou physique, comme on dit, en tout cas je n'ai pas résolu le mystère du lien qu'elle entretenait avec Georges. Je me suis demandé si, en fin de compte, elle ne s'entendait pas simplement très bien avec lui. Ce n'était pas impossible. Georges en tout cas avait l'air heureux et Sam ne semblait pas s'ennuyer. Moi, je continuais de penser que je n'avais rien à faire là et que ma vie, sous des dehors semi-organisés, m'échappait. J'ai un peu trop bu. Si j'avais dû rentrer, je n'en aurais pas été capable. Après le dîner, je n'ai pas eu le courage de dire que j'y allais, et j'ai attendu que Sam me propose de rester. Ça ne venait pas. Au demeurant, on parlait, on était pris à ce moment dans une conversation décousue que j'avais impulsée et où on parlait de musique mécaniquement, en citant des morceaux les uns après les autres, chacun son tour, l'atmosphère était au jeu, en tout cas je ne fournissais aucun effort, mais j'étais tout à fait prêt à me coucher. À onze heures trente, j'ai regardé ma montre. Il est beaucoup trop tard pour que vous rentriez, a dit alors Sam, vous allez dormir ici. Pas question, ai-je dit en essayant de me lever. Je suis resté collé à mon siège. Ça va, Jean ?

a dit Georges. Je suis désolé, ai-je dit. Georges va vous montrer la chambre, a dit Sam. J'en ai conclu que Georges connaissait déjà assez bien le premier étage. Je n'ai pas protesté, je me suis laissé accompagner par Georges. Auparavant, Sam m'a embrassé en me souhaitant bonne nuit. Là-haut, j'ai demandé à Georges s'il n'avait pas une brosse à dents et de quoi me changer pour le lendemain. On va s'arranger, m'a-t-il dit. La chambre était petite, en soupente, avec vue sur deux ou trois jardins qui se succédaient dont un, le plus éloigné, où étaient allumés des lampadaires. Des portions de feuillage miroitaient, qu'agitait une brise. Georges m'a laissé sans me demander ce que je pensais de Sam maintenant que j'avais passé la soirée avec eux. J'ai éteint le plafonnier et gardé une lampe de chevet le temps de me déshabiller, puis je suis entré dans la douche attenante à la chambre. En sortant de la douche, j'ai capté mon reflet dans le miroir du lavabo en me disant que tout à l'heure j'allais me laver les dents face à ce miroir. Je l'ai fait en m'adressant un regard sévère. J'ai enchaîné sur des grimaces, j'ai essayé de déformer tout ça. Quand je n'ai plus ressemblé à rien, je me suis éloigné du miroir. Je suis allé à la fenêtre avant de me coucher. J'ai regardé la nuit, il y avait çà et là des zones parfaitement obscures. Un anneau luisait quelque part, pendu à un portique qu'on ne voyait pas. On entendait toujours la circulation, au loin, sur quoi s'est élevé le vrombissement d'une moto. Je me suis couché et je me suis endormi comme une masse.

Le lendemain, en m'éveillant, je me suis rappelé qu'on était dimanche. Il était également onze heures. Des bruits me sont parvenus du rez-de-chaussée, je me suis habillé et j'ai entendu un claquement de portière, suivi d'un bruit de moteur. Je n'ai pas pu aller à la fenêtre, il n'y en avait pas côté rue dans la chambre. Je suis descendu, la maison était vide, il y avait un mot dans la cuisine indiquant qu'ils étaient allés au marché. Il y avait une cafetière sur la table, je me suis servi une tasse de café et j'ai mangé une tartine. Après, j'ai tourné un peu dans la maison en me demandant s'ils comptaient me retenir à déjeuner en revenant avec un poulet. En tout cas, ils ne m'avaient pas laissé l'horaire des trains. J'ai pensé à appeler Georges pour lui demander s'ils escomptaient de moi que je les attende ou non, ou pour lui demander les horaires de train, mais cet imbécile avait laissé son téléphone sur la table. Je n'ai pas réfléchi longtemps, il faisait encore beau ce jour-là, avec toujours ce soleil qui donne de l'allant, ou de l'élan, mais c'était insuffisant pour moi comme point d'appui, notamment pour envisager une suite en forme de surplace entre la maison et le jardin mais peut-être pas les bords de l'Orge, ai-je pensé, ça, c'est fait, entre la maison et le jardin, donc, à moins qu'ils ne veuillent m'emmener visiter quelque chose, me suis-je dit, une réserve d'animaux sauvages ou je ne sais quoi, et par conséquent moi aussi j'ai laissé un mot. J'ai écrit au dos du Post-it que je rentrais, que je les remerciais et que je les embrassais, c'était ridicule, j'ai rayé je vous embrasse, puis j'ai voulu jeter le Post-it et en chercher un autre mais je n'en ai pas trouvé. J'ai cherché du papier ailleurs dans la maison, en vain. J'ai appelé Georges, dont j'ai regardé le téléphone vibrer puis sonner sur la table, et je lui ai laissé un message qui reprenait les termes de mon mot, moins je vous embrasse. Je suis sorti et, dehors, dès que j'ai croisé quelqu'un, aux abords de la mairie, je me suis enquis de la direction d'Épinay-sur-Orge. On m'a demandé si j'étais en voiture. J'ai dit que non et que je voulais rejoindre plus précisément la gare d'Épinay-sur-Orge, au cas où la gare aurait été plus proche que le centre d'Épinay, ou plus éloignée, évidemment. L'homme des abords de la mairie de Morsang n'en savait rien. Il parlait d'ailleurs mal le français, je suis nouveau ici, m'a-t-il dit, je crois que c'est un peu loin, mais enfin il a étendu un bras dans une direction que j'ai prise. J'ai marché longtemps en redemandant la direction de la gare d'Épinay à des gens qui promenaient leur chien ou qui tenaient à la main une baguette ou des viennoiseries. J'ai vu aussi des arbres en fleur. Quand je suis arrivé à la gare, qui était déserte, il était treize heures trente et j'ai regardé les horaires. Je n'avais pas de train avant quinze heures. Georges m'a appelé de la maison et, quand je lui ai dit où j'étais, il m'a proposé de venir me rechercher à la gare et m'a demandé si je n'avais rien contre le canard. J'ai refusé poliment, j'ai expliqué que maintenant j'étais lancé dans ce projet de rentrer à Paris et que d'ailleurs j'avais des choses à faire. Une heure plus tard, je suis monté dans le train avec quelques voyageurs qui avaient fini par me rejoindre et, dans Paris, j'ai hésité à prendre la direction de l'avenue de Versailles. Je pouvais déjeuner n'importe où. Je me suis arrêté dans un café où j'ai pris un croque-madame puis commandé un café. J'ai regardé les gens autour de moi et sur le trottoir, qui passaient avec des airs affairés un peu déconcertants pour un dimanche. D'autres avaient l'air libres, en quelque sorte, mais je les ai trouvés tout aussi déconcertants. J'ai repensé à Morsang-sur-Orge et par association à la maison de ma grand-mère et je me suis senti désarmé, poreux. J'ai envisagé difficilement la fin de l'après-midi. J'ai appelé Agnès, qui était sur répondeur et dont il m'est revenu qu'elle était partie en Corse. J'ai appelé Roberta, mais j'ai interrompu mon appel. Je suis allé au cinéma voir une comédie française qui s'est révélée plutôt bonne et même par endroits subtile, et, quand je suis sorti, j'ai cherché une boutique de dvd ouverte. J'en ai trouvé une, j'ai acheté trois dvd et je suis rentré chez moi, où j'en ai regardé deux. Ils n'étaient pas très bons, sans être mauvais, et j'ai hésité à regarder le troisième. Finalement, j'ai regardé le troisième, qui était mauvais. Je me suis levé pour aller voir la voie rapide et je suis allé me coucher sans dîner.

J'ai commencé la semaine nerveusement. On devait partir samedi. Mercredi soir, j'avais rendez-vous chez Roberta. J'y suis allé avec une bouteille de vin et, quand elle m'a ouvert, elle tenait un bébé dans les bras. Je n'ai pas cru que je rêvais, j'ai cru que l'enfant était né et que j'avais sauté une étape. J'ai vraiment cru qu'elle tenait notre enfant dans les bras mais je n'ai pas eu le temps de savoir si ça me faisait quelque chose parce qu'immédiatement après d'une part je n'y ai plus cru et d'autre part Roberta m'a dit qu'elle gardait le bébé d'une voisine. Je lui ai fait observer qu'il m'était difficile de ne pas la soupçonner de l'avoir fait exprès pour m'éprouver. Vraiment pas, a dit Roberta, c'est un hasard, ça s'est trouvé comme ça et en même temps évidemment je. Quoi ? ai-je dit. Je n'avais même pas commencé à m'asseoir ni à chercher où poser ma bouteille et elle se tenait toujours devant sa porte avec le bébé dans les bras qui du reste babillait. J'ai pensé que ça t'intéresserait, a-t-elle dit. Admettons, ai-je dit, et maintenant qu'est-ce qu'on fait ? Je vais finir de préparer le dîner, a dit Roberta, et elle m'a proposé de prendre le bébé dans mes bras. J'ai dit attends, pas si vite, je t'accompagne à la cuisine et tu me montres ce qu'il y a à faire. Tu devrais quand même essayer de le prendre, a dit Roberta. On verra ça, ai-je dit, et je l'ai accompagnée à la cuisine, qui est chez elle à l'américaine, avec la table à portée de main, juste avant le canapé et le salon. Il s'agissait de mettre une daurade au four, que Roberta avait préchauffé. La table était mise. Le bébé s'est agité et Roberta l'a bercé. C'était un bébé assez laid, ou peut-être pas si laid, la dernière fois que j'en avais vu un c'était chez un cousin, il y avait longtemps, le bébé était évidemment vieux maintenant, à l'époque il avait cette expression sérieuse qu'on voit à certains conseillers clientèle mais je ne savais pas ce qu'il était devenu, du reste, non plus que le cousin, d'ailleurs, qui peut aussi bien être mort, ai-je pensé, et tout aussi bien son fils, à la réflexion, et donc le bébé que Roberta tenait dans les bras était peut-être laid, il avait en tout cas une forte mâchoire, évidemment j'ai remarqué ses petites mains, les petites mains, bien sûr, me suis-je dit. Roberta avait l'air douée pour le bercer, il souriait avec un peu de bave au coin des lèvres. Prends-le deux secondes, a-t-elle dit, s'il te plaît. J'avais posé ma bouteille sur le plan de travail et glissé la daurade dans le four. J'ai pris le bébé avec précaution, par chance il n'a pas crié, je l'ai tenu au creux de mon bras sans problème, je me suis rendu compte que je savais en tenir un, si je voulais, que ce n'était pas le bout du monde, un peu de souplesse dans la saignée du coude et c'était joué. Il a commencé à s'agiter, toutefois, et je l'ai rendu à Roberta. C'est maintenant que ça va être idiot, ai-je dit, tu vas en faire quoi pendant le repas ? le coucher ? Exactement, a dit Roberta, alors ? Écoute, ai-je dit, je n'ai rien contre la petite enfance et je n'empêche personne de naître, et même à l'occasion, enfin, tu vois, mais franchement je trouve ça ridicule. On ne va pas se fâcher, a dit Roberta. Non, ai-je dit, on ne va pas se fâcher. Le bébé s'est de nouveau agité et Roberta lui a préparé un biberon avec le matériel de la voisine pendant qu'elle me le confiait encore, hurlant, cette fois, après quoi elle est allée le coucher dans la chambre et on a été tranquilles. Roberta n'a pas essayé de faire comme si le bébé qui dormait à côté était le nôtre, elle n'en a pas parlé, même, mais elle m'a demandé comment j'allais par ailleurs. J'ai dit comment ça, par ailleurs ? En dehors de nos histoires, a-t-elle dit. Eh bien, je n'en sais rien, ai-je dit, et je n'ai pas envie d'en parler. Et tu voudrais qu'on parle de quoi ? a-t-elle dit. Je ne sais pas, ai-je dit, j'ai l'impression qu'on ne s'entend pas, j'avais cru que peut-être, mais j'ai l'impression qu'on s'ennuie, plutôt. Toi, tu ne m'ennuies pas, a dit calmement Roberta. C'est parce que je suis désagréable, ai-je dit.

Dans la suite du repas, j'ai fait des efforts. C'était languissant. On en est venus à une conversation mondaine, les derniers films, les expositions, de toute façon Roberta sortait peu, moi pas, c'était pitoyable. Je n'ai pas fini ma daurade. J'ai pensé à rompre franchement, lui dire que tant pis, que pour l'enfant je ferais ce que je pourrais mais que pour nous je ne voyais pas, et je n'ai rien dit. À ce stade, je n'étais plus désagréable, j'étais en colère, et j'ai cherché un moyen de l'exprimer, mais je n'en ai pas trouvé parce que Roberta était très douce, quoique nullement détendue, elle était peut-être en colère aussi et elle cherchait peut-être aussi un moyen de l'exprimer. Elle l'a peut-être trouvé en me faisant soudain remarquer que je ne m'étais pas inquiété de savoir de quel sexe était le bébé de la voisine. Je lui ai répondu tout de suite que je ne voyais pas où était l'enjeu, de connaître le sexe d'un enfant qui ne m'était rien, non plus qu'à elle, tout de même, a dit Roberta. Tout de même quoi ? ai-je dit, et là, j'ai entrevu la possibilité qu'on explose elle et moi, et j'ai commencé à y travailler sérieusement mais dans le même temps on a sonné à la porte. C'était la voisine, qui rentrait plus tôt que prévu, une femme dans les trente ans qui aurait pu être ma fille, ai-je pensé, les femmes de trente ans m'étaient un peu sorties de la tête depuis quelques années, et je me suis dit que dans ces conditions j'aurais même pu être grand-père, ça m'a fait un choc, plus que le bébé, et j'ai donc regardé la voisine qui était assez jolie pour que j'aie pu en être fier, si elle avait été ma fille, et la voisine m'a jeté un coup d'œil qui ne signifiait pas du tout qu'elle aurait été fière de m'avoir pour père, c'était un coup d'œil de femme, en tout cas de femme qui se sait regardée, et cette fois j'ai pensé que si j'avais eu une fille elle aurait été une femme, aujourd'hui, et ça aussi ça m'a fait un choc. J'étais donc abasourdi, je n'avais pas prévu tous ces chocs, et j'ai à peine réagi quand la voisine, après m'avoir jeté son coup d'œil, m'a tendu sa main, que j'ai serrée avec une sorte de gêne. Ça n'a pas échappé à Roberta, qui ne risquait pas de comprendre, à mon avis, ce qui se passait exactement en moi, et Roberta à son tour m'a jeté un coup d'œil, j'ai commencé à trouver tout ça très malsain. La voisine remerciait Roberta, lui demandait comment ça s'était passé, bien, disait Roberta, elle a bu tout un biberon, a-t-elle ajouté en me rejetant un coup d'œil et en insistant sur le *elle*, et toutes deux sont entrées dans la chambre. Je les ai entendues échanger quelques mots à propos du bébé, et je me suis demandé si Roberta avait parlé à sa voisine de son état, voire de l'origine de son état, et donc si j'étais également repéré par la voisine comme étant le futur père, ce qui aggravait peut-être mon cas à ses yeux, et, comme on avait terminé le repas, j'ai commencé à débarrasser, puis je me suis arrêté de débarrasser parce que je ne voulais pas que la voisine puisse penser que j'avais ici mes habitudes. Je ne voulais pas que la voisine pense quoi que ce soit, je voulais qu'elle s'en aille. Elle s'en est allée avec le bébé, et, après, je me suis demandé si Roberta allait me faire une remarque explicite sur le regard que j'avais lancé à sa voisine mais il n'en a rien été. Elle s'est mise à débarrasser et je lui ai proposé de l'aider. Laisse, a-t-elle dit, je crois que c'est mieux que tu partes, maintenant. De toute façon je suis crevé, ai-je dit, et je suis parti après l'avoir embrassée maladroitement, avec une sorte de tendresse repentante.

C'est le lendemain, jeudi, que j'ai commencé à penser sérieusement aux vacances. Ça me préoccupait. J'ai repensé à William en me disant que, bien que sa mort nous eût éprouvés, c'était peut-être là-bas qu'il nous manquerait le plus. Nous n'aurions plus à nous soucier de savoir si, au cours de nos déplacements, il suivait notre rythme. De son côté, Georges, qui m'inquiétait avec Sam, m'inquiétait sans elle. Quant à Paul et Louise, évidemment, je me demandais comment ça allait se passer. Je continuais de faire confiance à Louise, toutefois, je lui faisais à peu près confiance en tout. Il n'empêche. Je la trouvais changée. Je ne serais pas allé jusqu'à dire fragile. Voilée. De Paul, je m'attendais à tout. Je me méfiais de son volontarisme. Il y avait aussi que j'appréhendais la maison, maintenant. J'y voyais Louise coupée de Paul. Je l'avais déjà vue au café, seule, et je ne voyais plus Paul là-bas, en fait. Volontariste ou non, je ne voyais plus Paul du tout. J'avais la sensation qu'il ne serait pas là-bas. Qu'il irait mais qu'il n'y serait pas. Ou qu'il y reviendrait pour en repartir. Paul ne resterait pas, donc, il ne tiendrait pas jusqu'à la fin des vacances. Et donc Louise serait seule, comme je l'avais imaginée devant l'écran de mon ordinateur. Je ne supportais pas cette vision.

Sans parler de la Camargue, au bord de quoi se trouvait la maison. Je ne savais pas ce que c'était. J'avais entendu parler de chevaux blancs, d'oiseaux, de moustiques. Mais je voyais mal comment on y accédait. Ou, plutôt, où elle commençait. À quel moment on décidait que c'était la Camargue. S'il fallait voir les chevaux, d'abord. Ou les taureaux. La maison était flanquée d'une pinède, et j'aime les pinèdes. Et, à l'arrière, d'une prairie alimentée par une noria, c'était écrit dans l'annonce. À quelques encablures de la mer, c'était aussi écrit. Mais on ne voyait pas la Camargue. J'ai regardé des photos de la Camargue sur Internet. On voit la Camargue, en effet, avec quelques cabanes, de minuscules chaumières désaffectées, des taureaux, des chevaux, des flamants, mais on ne voit pas comment, d'une maison comme la nôtre, on s'y rend. Il n'y a pas de maison comme la nôtre dans la Camargue. Ce qu'on ne voit surtout pas, c'est le bord de la Camargue, où nous étions censés nous trouver. Je me méfiais de ce bord. Ma crainte, en vérité, c'était de me retrouver nulle part. Avenue de Versailles, passait encore. C'était nulle part, mais j'avais ce café. Et la Seine. Et la voie rapide. Des limites. Là-bas, je ne voyais pas où étaient les limites.

J'avais en outre besoin de vêtements légers. Ma garde-robe d'été était en ruine. Chemises décolorées, élimées, démodées, trop longues, trop courtes, shorts de bain détendus, absence de serviette de plage. Les années précédentes, je ne m'en étais pas soucié. Cette année, c'étaient peut-être des histoires que je me racontais. Je me suis levé le jeudi avec un grand besoin de faire des courses. Je suis sorti plus tôt du bureau. Ça s'est révélé compliqué. Les gens s'habillent trois mois avant de partir en vacances.

Je n'ai pas trouvé de short de bain. Les chemises étaient celles de la collection d'automne. Le coton des pantalons était trop épais. J'en ai trouvé un qui se nouait à la taille avec un lacet. Peut-être un peu blanc. Je veux dire blanc. Je n'avais jamais porté de pantalon blanc. Je l'ai acheté tristement. Je me suis senti seul et ridicule. Je suis rentré chez moi et j'ai regardé la voie rapide. C'était la première fois qu'elle me consolait. Toutes ces voitures, me suis-je dit. Ces gens. Évidemment, au passage, ils ne me faisaient pas de signes. Tout de même. Ces gens s'arrêteraient de rouler, s'arrêteraient quelque part. Et d'ailleurs, me suis-je dit, il y a l'autre côté. L'avenue de Versailles. C'était mirifique. Des piétons passaient. En face, le café. J'y suis allé. Des gens vivaient. J'ai dîné là. J'étais presque heureux.

Le lendemain est passé à toute vitesse, et le soir j'ai fait ma valise. J'ai eu un coup de fil de Georges, puis un coup de fil de Paul. On se retrouvait à la gare, comme prévu. Il avait nos billets. Paul m'a dit qu'il était content de partir avec nous. Georges n'a rien dit. Il confirmait. Je lui ai demandé s'il était content de partir. Ah oui, a-t-il dit, vraiment. Et Sam ? ai-je dit. Je ne sais pas, m'a dit Georges, je ne sais plus. Je suis en train de me demander si elle n'a pas quelqu'un. Quoi ? ai-je dit. Ça peut arriver, a dit Georges, ça peut m'arriver. Mais non, ai-je dit. On reparlera peut-être des cloisons, a-t-il dit. Stop, ai-je dit. Arrête ça tout de suite. Ça va être très bien, là-bas.

Peut-être que là-bas on boira, me suis-je dit. Le soir, on pourra boire. Et, en plus de la piscine, on aura la mer. Les années précédentes, j'avais pris de bons bains. J'ai arrêté de penser à ça, j'ai vérifié qu'il ne manquait rien dans ma valise et je me suis couché.

Je suis arrivé le premier à la gare. Une manie. Au bout d'un moment, le train a été à quai et personne n'était là. Je me suis inquiété. S'ils ne viennent pas, me suis-je dit, je rentre. Est-ce que je les appelle ? Non. À moins que je ne me sois trompé de jour. J'ai sorti mon agenda. J'avais noté sur mon agenda la date de notre départ. C'était bien ça. Le premier juillet, tout bêtement. On n'était pas les seuls à partir. Des gens remontaient le quai avec leurs valises, certains avaient de très grosses valises. Le train allait être bondé. Georges est arrivé. J'attendais à l'entrée du quai. Il nous restait un quart d'heure. Ça va ? ai-je dit. Ça va, a dit Georges. Il souriait. Il avait l'air content de me voir. Moi aussi. Ça n'a pas duré. On a pris tous les deux un air soucieux. Qu'est-ce qu'ils foutent ? a dit Georges. Ah, ai-je dit. Louise arrivait. Paul suivait. Tout était absolument normal. Prévu, en tout cas. Louise était pâle. Ses yeux étaient cernés. Une ride, que je ne lui connaissais pas, s'amorçait au coin de sa bouche. On n'a pas pris le temps de l'embrasser, non plus que Paul. On s'est tous dirigés vers notre voiture sans un mot, en pressant le pas, dans le bruit de nos roulettes.

On a cherché nos places. Elles étaient séparées. Paul et Louise en avaient deux dans le sens inverse de la marche, côte à côte. Georges, une dans le sens inverse de la marche. Moi, une dans le sens de la marche. On a rangé nos bagages et Louise a dit qu'elle ne voyagerait pas dans le sens inverse de la marche. Je me souvenais de ça. Louise n'avait jamais voyagé dans le sens inverse de la marche. Par le passé, elle avait remonté des trains entiers pour trouver une place dans le sens de la marche. À côté de moi, il y avait une place libre. Le train partait dans cinq minutes. J'ai dit à Louise de s'asseoir à côté de moi. Je n'ai pas proposé à Paul de prendre ma place, il était parfaitement capable de voyager dans le sens inverse de la marche et, surtout, de se passer de Louise pendant le trajet. Quelqu'un pouvait bien sûr encore monter dans la voiture et revendiquer la place à mes côtés, mais c'était à tenter. Louise s'est assise près de moi. Avec Paul et Georges, on n'avait pas échangé un mot depuis qu'on était montés. Avec Louise non plus. Merci, a-t-elle dit en débloquant le cale-pied devant elle, je me sens beaucoup mieux comme ça. Je me suis raclé la gorge. Je n'avais jamais été assis à côté d'elle dans le train. D'où j'étais, côté couloir, à cinq ou six sièges de là, je voyais un genou de Paul. Je n'arrivais pas à respirer. J'attends un enfant d'une femme que je n'aime pas, ai-je dit en fixant le dossier du siège de devant, et j'imagine parfois que toi et moi on vieillit ensemble. Pardon, a fait Louise, qu'est-ce que tu viens de dire ? et on a entendu l'annonce de fermeture des portes.

DU MÊME AUTEUR

Volley-ball
Minuit, 1989

L'Aventure
Minuit, 1993

Le Pont d'Arcueil
Minuit, 1994

Paul au téléphone
Minuit, 1996

Le Pique-nique
Minuit, 1997

Loin d'Odile
Minuit, 1998
et « Double », n° 15

Mon grand appartement
prix Médicis
Minuit, 1999
et « Double », n° 41

Une femme de ménage
Minuit, 2001
et « Double », n° 24

Dans le train
Minuit, 2002

Les Rendez-vous
Minuit, 2003

L'Imprévu
Minuit, 2005

Sur la dune
Minuit, 2007

Trois hommes seuls
Minuit, 2008

Dans la cathédrale
Minuit, 2010

Rouler
Éditions de l'Olivier, 2011
et « Points », n° P2857

RÉALISATION : NORD COMPO MULTIMÉDIA À VILLENEUVE-D'ASCQ
IMPRESSION : CPI BRODARD ET TAUPIN À LA FLÈCHE
DÉPÔT LÉGAL : JANVIER 2014. N° 115548 (3002717)
IMPRIMÉ EN FRANCE